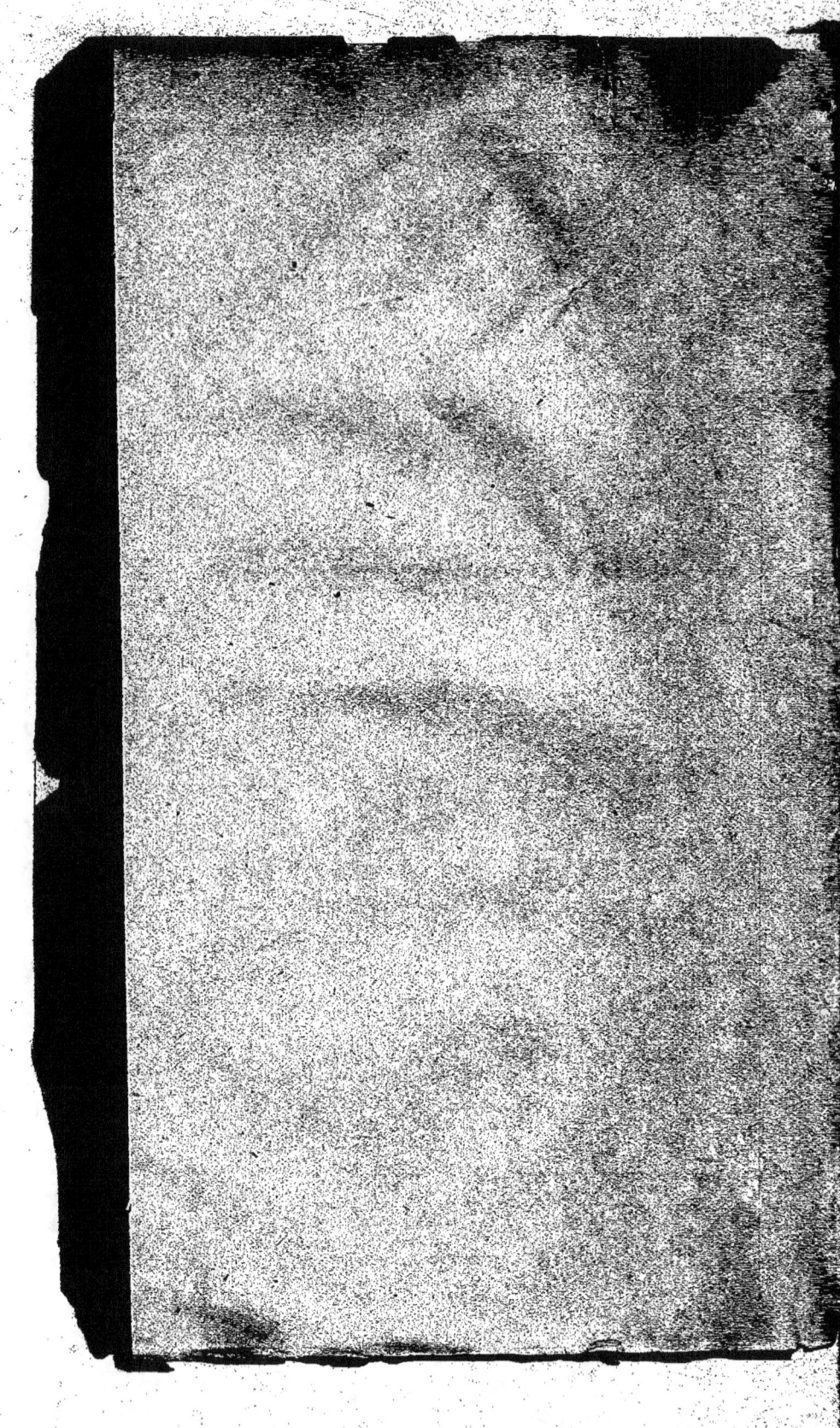

EXAMEN CRITIQUE

DE

L'OUVRAGE DE M. LE CAPITAINE DU GÉNIE MANGIN

AYANT POUR TITRE

Mémoire sur la fortification polygonale construite en Allemagne depuis 1815

suivi de

Considérations critiques sur la fortification et sur les siéges entrepris par l'armée française depuis 1830.

OUVRAGES DU MÊME AUTEUR.

Essai sur la détermination des centres de gravité, suivi de notes sur la pyramide triangulaire, le binôme de Newton, la règle de Descartes, les lignes du 2e degré, la division d'un angle en un nombre impair de parties égales, etc. 1 vol in-8°, 2e édition.

Essai sur les différentes méthodes, tant anciennes que nouvelles, de construire les murs de revêtements, suivi de considérations sur les expériences faites en 1834 par l'artillerie saxonne sur les batteries blindées, traduit du hollandais et annoté. 1 vol. in-8°. Ouvrage approuvé par le Ministre de la guerre.

Traité de mécanique, à l'usage des élèves des Écoles polytechnique et normale et des aspirants à ces écoles. 1 vol. in-8°.

Traduction des œuvres chimiques et physiologiques de Jean Mayow. 1 vol. in-8°.

Mémoire sur le recrutement de l'armée française. Paris, 1838, broch. in-8° (épuisée).

Pour paraître prochainement:

Considérations sur l'armée française. 1 vol. in-8°.

Essai sur de nouveaux systèmes de ponts fixes ou mobiles et sur les diverses parties de l'art de l'ingénieur. 1 vol. in-8° avec atlas.

Impr. de Cosse et J. Dumaine, rue Christine, 2.

EXAMEN CRITIQUE

DE L'OUVRAGE

DE M. LE CAPITAINE DU GÉNIE MANGIN

AYANT POUR TITRE

Mémoire sur la fortification polygonale construite en Allemagne depuis 1815

suivi de

CONSIDÉRATIONS CRITIQUES SUR LA FORTIFICATION ET SUR LES SIÉGES ENTREPRIS PAR L'ARMÉE FRANÇAISE DEPUIS 1830

PAR

C. DE GAUBERT

Ancien officier supérieur du génie, ancien élève de l'École polytechnique.

PARIS

LIBRAIRIE MILITAIRE

J. DUMAINE, LIBRAIRE-ÉDITEUR DE L'EMPEREUR

Rue et passage Dauphine, 30

1865

PRÉFACE.

Déjà des voix nombreuses et plus autorisées que la nôtre ont protesté énergiquement contre les fausses doctrines introduites dans l'école française du génie par les prétendus successeurs ou continuateurs de l'immortel Vauban; mais s'il est vrai que les vérités les plus incontestables ont besoin d'être affirmées avec persistance pour triompher de l'ignorance ou de la routine, notre protestation ne sera pas sans utilité. D'ailleurs la fortification polygonale et à caponnières, en s'inscrivant en lignes de défense formidables sur le sol allemand, a apporté dans la discussion un nouvel élément dont on doit aujourd'hui tenir compte en dépit de l'indifférence dédaigneuse du comité du génie français; enfin, nous avons pensé que la meilleure manière de montrer la mauvaise direction donnée à l'enseignement dans les écoles réservées en France aux ingénieurs militaires, consistait à mettre en évidence les fautes commises par ces derniers dans la conduite des siéges entrepris depuis 1830. Le lecteur jugera si nous avons rempli consciencieusement la tâche que nous venons d'indiquer.

EXAMEN CRITIQUE

DE

L'OUVRAGE DE M. LE CAPITAINE DU GÉNIE MANGIN

AYANT POUR TITRE

Mémoire sur la fortification polygonale construite en Allemagne depuis 1815.

EXAMEN CRITIQUE

DE

L'OUVRAGE DE M. LE CAPITAINE DU GÉNIE MANGIN

AYANT POUR TITRE

Mémoire sur la fortification polygonale construite en Allemagne depuis 1815.

Nous devons dire d'abord qu'avant de discuter les propositions contenues dans l'ouvrage de M. le capitaine Mangin, nous avons visité avec soin les places de Rastadt et de Germersheim, places neuves et importantes où l'on a exécuté sur une grande échelle les dispositions qui font l'objet des critiques de cet ingénieur, et nous déclarons qu'après cet examen, il nous a été impossible d'adopter la plupart de ses conclusions.

Comme le dit M. Mangin, nous sommes destinés à rencontrer ces nouvelles places dès les premiers pas que nous pourrons avoir à faire hors de notre territoire ; et si, pour ce motif, cet ingénieur a fait une chose utile en décrivant ces places et en faisant ressortir les défauts essentiels que présente l'application qui y a été faite du nouveau système, nous avons cru qu'il n'était pas moins utile de prémunir l'armée contre un mépris préventif qui ne nous semble pas justifié et qui pourrait bien avoir ses dangers, en inspirant une imprudente confiance à l'attaque.

Dès le début, M. le capitaine Mangin énumère les défauts principaux que l'on reproche au système bastionné ; il en admet sans doute l'existence, puisqu'il ne la nie pas.

On peut donc conclure que le système bastionné actuel,

connu sous le nom de *front moderne*, présente des défauts nombreux et importants ; qu'on n'a rien ou presque rien fait pour les faire disparaître, ou que, comme M. Mangin le dit lui-même, les améliorations introduites dans le système bastionné par les successeurs de Vauban, quelque bien entendues qu'elles paraissent d'ailleurs, sont indépendantes des progrès faits par l'art des attaques, et ne créent aucun nouveau système de défense qui réponde à l'organisation des parallèles et à l'emploi du ricochet.

Cela posé, nous suivrons pas à pas M. le capitaine Mangin, et pour plus de clarté, nous placerons nos observations en regard des extraits du texte en indiquant les pages de l'ouvrage.

Comme nous écrivons surtout pour nos camarades, nous nous étendrons le moins possible dans nos réfutations.

EXAMEN CRITIQUE

TEXTE.

Page 5.

En outre pour éviter que l'ennemi, s'il parvient à faire brèche au corps de place, ne ruine en même temps le parapet, il (Carnot) porte l'escarpe en avant de ces terrassements, lui donne un profil défensif en la perçant de créneaux et obtient ainsi des feux rasants, etc., etc. (*Pl.* II, *fig.* 17.)

Page 11.

Nous adopterons d'un côté de ce saillant le tracé de Germersheim (*Pl.* I, *fig.* 1) et de l'autre le tracé du corps de place du fort Alexandre à Coblentz ; toutefois dans ce dernier nous supposerons que les traverses qui ferment les trouées des fossés de la demi-lune se relient avec des réduits casematés établis dans les angles rentrants, comme à Germersheim. Ces réduits sont remplacés au fort Alexandre par des contre-gardes qui recouvrent entièrement le corps de place et forment une première enceinte (*fig.* 2) ; mais ces contre-gardes ne peuvent être considérées comme un des éléments essentiels de la fortification polygonale ; elles n'ont été établies là que pour donner à ce fort, qui est la clef de toute la position, le degré de force que réclame son importance, etc.

OBSERVATIONS.

Le profil indiqué à la figure 17 de la planche II donne une idée incomplète et fausse du profil à la Carnot. D'après ce profil la cote de la contrescarpe étant 18, celle du fossé est 25,50 et celle du chemin de ronde 24 ; il est évident que dans un profil ainsi établi, les créneaux ne sont pas suffisamment élevés au-dessus du fond du fossé, qu'ils sont plongés de la contrescarpe, qu'ils peuvent être facilement embouchés et que leurs feux ne sont pas même rasants, et ne découvrent que la crête même de la contrescarpe. Mais ce n'est pas ainsi que les Allemands ont constitué leurs profils à la Carnot, non plus que nous-mêmes dans les forts de la rive gauche du Rhône à Lyon : ces profils présentent 6 mètres d'escarpe revêtue et 4 mètres d'escarpe isolée au-dessus du chemin de ronde pour des escarpes de 10 mètres de hauteur.

Si l'on admettait l'observation de M. Mangin relativement aux contre-gardes de Coblentz, il faudrait renoncer à parler des divers systèmes bastionnés ; il faudrait s'abstenir de mentionner les améliorations introduites dans le système bastionné par les successeurs de Vauban, puisque ces améliorations se rapportent presque toutes aux ouvrages extérieurs qui ne sont pas *des éléments essentiels de la fortification bastionnée.*

M. Mangin pourrait, avec tout autant de raison, rejeter les demi-lunes et les places d'armes rentrantes, et réduire ainsi le système polygonal à sa plus simple expression.

Il n'y a qu'une manière logique et loyale de comparer deux systèmes de fortification, non au point de vue spéculatif, mais au point de vue de l'attaque et de la défense :

Page 11, *idem.*

Devant la fortification que nous venons de décrire, on voit d'abord que les premiers travaux de siége s'exécuteront à la manière ordinaire.

Ils n'ont en effet rien à craindre des pièces casematées, qui, masquées par les terrassements, sont sans action sur la campagne et ne peuvent découvrir l'assiégeant qu'au moment où il arrive à couronner la crête des glacis. Tous les travaux faits jusque-là ne peuvent donc être combattus sérieusement que par l'artillerie supérieure de la place établie comme à l'ordinaire sur les remparts, etc., etc.

Pages 12 *et* 13.

Montalembert fait valoir cependant en faveur du système polygonal, qu'il permet d'établir sur les remparts une plus grande quantité d'artillerie que ne le comportent les tracés bastionnés et qu'il oblige l'assiégeant à donner plus de développement à ses travaux pour embrasser les fronts qu'il attaque. Mais il est facile de voir que ce sont là des avantages si peu considérables qu'on ne peut réellement guère en tenir compte. Ainsi dans l'exemple que nous avons choisi (*Pl.* I, *fig.* 1) on pourrait à la rigueur placer sur les remparts du tracé polygonal un maximum de 390 pièces d'artillerie ayant vue sur les batteries de l'attaque. Dans un tracé bastionné passant par les mêmes saillants, on ne pourrait mettre en batterie que 260 pièces remplissant les mêmes conditions. Mais cette dernière limite est déjà si étendue qu'on ne peut songer à l'atteindre dans aucun siége. Il faudrait en effet construire les embrasures, platesc'est d'admettre le corps principal avec tous ses accessoires quels qu'ils soient, pourvu que la dépense reste la même dans les deux systèmes comparés. Nous aurons du reste souvent occasion de reprendre cette idée ou ce principe.

Nous ne savons pourquoi M. Mangin néglige entièrement l'action des feux courbes de la place. D'un autre côté M. Mangin, qui, quelques pages plus loin, assure que l'on battra les caponnières en brèche avec les batteries à ricochet établies à 600 mètres, peut-il dire que les pièces casematées seront masquées par les terrassements, et leur refuser contre les batteries des parallèles la même action qu'il accorde si facilement à ces dernières ? D'ailleurs, si les escarpes casematées du corps de place (comme à Germersheim) sont établies ainsi que nous l'avons expliqué à propos du profil à la Carnot, c'est-à-dire avec un sol ou chemin de ronde à 6 mètres au-dessus du fossé ou à un mètre au-dessus de la crête de la contrescarpe, n'est-il pas évident que la 2e parallèle et tous les premiers travaux du siége auront à supporter le feu d'une double ligne d'artillerie ?

Nous repoussons en leur entier les assertions contenues dans ce passage. M. Mangin argumente sur les chiffres comparatifs de 390 et 260 correspondant aux pièces que l'on peut placer sur les remparts du tracé polygonal et du tracé bastionné. Mais, dans un siége, la défense active se concentre tout naturellement sur le front d'attaque et sur les deux fronts collatéraux ; ainsi, dans le cas de l'hexagone choisi par M. Mangin, l'assiégé pourra placer sur ces trois fronts 195 pièces, tandis que les trois fronts bastionnés correspondants ne pourraient en recevoir que 130 ; et certes le premier de ces chiffres n'est nullement au-dessus des ressources d'une grande place destinée à jouer un rôle important comme celles de la frontière Rhénane. Cela est d'autant plus vrai dans le cas qui nous occupe que les escarpes casematées ou à mur isolé crénelé facilitent beaucoup la surveillance des fossés, et qu'on peut désarmer en partie

formes, revêtements et terrassements que comporte une pareille quantité d'artillerie, et pour servir les pièces, une garnison, un matériel et des approvisionnements énormes, infiniment plus considérables que ceux dont on dispose ordinairement. Les raisonnements de Montalembert ne sont donc réellement que des abstractions, sans valeur au point de vue de la pratique et auxquelles on pourrait d'ailleurs répondre encore que l'attaque est, bien plus que la défense, susceptible de donner à ses ressources une semblable extension ; qu'elle a en outre la facilité de les renouveler, et enfin, l'avantage de les employer d'une manière plus efficace en occupant des positions qui lui permettent de déployer contre la place les feux concentriques qui sont la principale cause de sa supériorité.

Quant à l'accroissement des travaux résultant de l'extension des fronts d'attaque, on doit remarquer qu'il ne porte pas sur des cheminements d'une exécution difficile, dont l'étendue devra être un peu plus considérable que devant le tracé bastionné. Or, d'après la manière dont ces travaux s'exécutent, une pareille augmentation, 800 mètres environ pour la 2e parallèle et 150 mètres environ pour la 3e, n'est pas de nature à retarder d'un seul jour le progrès de l'attaque dans un siége bien conduit et fait avec les moyens ordinaires.

Page 14. *Note.*

Nous avions d'abord donné à notre parallèle le développement nécessaire pour ricocher les faces collatérales à l'attaque (*Pl.* I, *fig.* 1, partie ponctuée) ; c'est d'après l'avis de juges compétents que nous en avons réduit l'étendue.

Cette modification paraît d'autant plus admissible que le front tout entier ne formant pour ainsi dire qu'une ligne

les trois autres fronts sans avoir à craindre une surprise.

Les places que nous avons visitées sont déjà pourvues de leurs embrasures, et même de leurs batteries blindées. Ainsi au moment du siége on n'aura à faire qu'une faible partie des travaux énumérés par M. Mangin.

Non, l'attaque n'a pas plus de facilités que la défense pour augmenter et renouveler son matériel. M. Mangin a-t-il un instant perdu de vue les difficultés énormes, souvent insurmontables, qu'éprouve une armée à traîner à sa suite un immense matériel de siége, surtout quand il faut agir loin des grandes places de dépôt ? N'est-ce pas là un des plus puissants arguments qu'on a fait valoir en faveur des fortifications de Paris ?

Nous attachons plus d'importance que M. Mangin à l'extension des parallèles à laquelle l'assiégeant se trouvera forcé par le tracé polygonal. Les travaux de la 2e parallèle ne se font pas avec autant de facilité qu'il veut bien le dire. D'ailleurs, dans un grand nombre de cas, cette extension sera rendue impossible par l'existence de bas-fonds, terrains marécageux, inondations, ouvrages avancés, etc., ce dont M. Mangin se serait facilement convaincu si, au lieu de faire ses attaques sur des fronts fictifs, il les avait dirigées contre un front réel de la place de Rastadt ou de celle de Germersheim. Le moins qui pourra arriver à l'assiégeant sera de se voir contraint de changer ses dispositions et d'attaquer un front plus fort que celui choisi d'abord d'après les règles de l'art. Du reste dans une note M. Mangin reconnaît les difficultés que nous venons de signaler, mais ses conclusions prouvent qu'il en tient peu de compte.

Certes l'observation qui fait l'objet de cette note est parfaitement fondée si l'on considère les attaques du front fictif que M. Mangin s'est donné ; mais il possède comme nous les plans des places de Rastadt et Germersheim ; qu'il applique ses attaques à un front de l'une quelconque de ces deux places et il reconnaîtra immédiatement qu'on ne peut

droite, la batterie à ricochet dirigée contre le saillant *c* du polygone, prendra en même temps d'enfilade la courtine adjacente, et même l'autre face du front.

Pages 16, 17 *et* 18.

Les batteries à ricochet établies contre les caponnières en sont éloignées de 600^m environ, portée du but en blanc des pièces de gros calibre. Or, on sait que dans ce tir de but en blanc (*page* 3, *fig.* 19), le projectile, en s'échappant de la bouche du canon, s'élève d'abord au-dessus de la ligne de mire *a d*, atteint le sommet *e* de sa trajectoire, puis s'abaisse progressivement et va frapper le but *d* précisément au point où se rencontre la ligne de mire naturelle. Si entre ce but et la bouche de la pièce on interpose un glacis *f* dont la crête ne s'élève pas au-dessus de la courbe décrite par le projectile, il est clair que rien ne sera changé aux conditions du tir précédent. Ce sera donc encore un tir de plein fouet et de but en blanc, bien que l'impossibilité d'apercevoir l'objet qu'on veut atteindre lui donne l'apparence d'un tir à ricochet. Or, d'après les données de calcul et d'expérience admises par l'artillerie (*Aide-mémoire de* 1844, page 412), il se trouve que la caponnière à battre, la crête des glacis et la batterie établie en avant de la deuxième parallèle, sont précisément dans les positions respectives que nous adoptions par hypothèse (Voir *pl.* III, *fig.* 19 et 20). L'effet de ces batteries sera donc le même que si le mur se présentait à découvert à 600^m de distance; mais dans ces conditions, les boulets de 16 et de 24 pénètrent de 30 à 40 centimètres dans la bonne maçonnerie : un tir, même peu prolongé, aura donc bientôt ruiné les murs de face de ces caponnières, toutes découpées d'embrasures.

Sur ce point l'expérience vient d'ailleurs confirmer la théorie. L'histoire des sièges fournit quantité d'exemples de brèches ouvertes à cette distance, dans des murs bien autrement solides que ceux dont nous nous occupons, brèches qui n'auraient pas été praticables peut-être, mais

ricocher la courtine ni les faces des bastions ou saillants collatéraux sans étendre les parallèles.

Certes, si l'on devrait admettre les assertions de M. Mangin, elles établiraient une critique terrible du système polygonal, mais elles sont complétement erronées. Il suffit de jeter un coup d'œil sur les figures 19 et 20 de la planche III de l'ouvrage de cet ingénieur pour reconnaître que, pour atteindre le but comme il l'indique, il faut que ses projectiles rasent exactement la crête des glacis, comme aussi celle de la contre-garde. Ainsi, sans insister sur ce que les glacis à contre-pente n'existent que sur quelques points des nouvelles places, ni sur l'indécision et l'incertitude d'un tir dont on ne peut vérifier les effets, il est évident qu'il suffirait de relever les crêtes dont nous venons de parler de 1^m et même de $0^m,50$ pour réduire le tir de but en blanc en un véritable tir à ricochet d'autant plus mou que l'obstacle interposé sera plus élevé, et par suite la faiblesse de la charge ne permettra pas de faire brèche, surtout à des murs voûtés et opposant leurs pieds-droits à l'action du boulet. S'il en était autrement, on pourrait adresser le même reproche au système bastionné, car rien ne s'opposerait à ce que l'on fît brèche de 600^m aux escarpes du corps de place dont on ruinerait ainsi les défenses dès les débuts du siége.

Dans sa note, M. Mangin avance que les glacis couvrants, employés en dernier lieu par les Allemands, ne sont que des palliatifs insuffisants ; nous prétendons précisément le contraire, puisque ces glacis s'élèvent jusqu'au plan de tir, ou nous lui demanderons quelle est à ses yeux la valeur des glacis destinés, dans le système bastionné, à fermer la trouée des fossés de la demi-lune ?

Du reste pourquoi n'élèverait-on pas ces glacis couvrants jusqu'à la hauteur même de la crête des caponnières, sauf à en raser une partie au moment favorable ou à y ouvrir

qui, du moins, prouvent l'incontestable facilité de détruire de loin des maçonneries, seul but qu'on veille atteindre ici.

Ce résultat nous paraît d'autant plus assuré que les caponnières ne peuvent échapper à aucun des coups dirigés contre elles. Le fossé du corps de place a 30^m de largeur; le glacis en contre-pente qui le précède a 20^m de base environ, et tous les boulets qui l'atteindront seront, par suite de son inclinaison, rejetés vers le fossé même; c'est par conséquent une trouée de 50^m de largeur ouverte sur une caponnière dont la hauteur est de plus de 10^m. Il est impossible que l'artillerie, même la moins habile, manque un pareil but, etc., etc.

Note. — Dans les dernières constructions, les Allemands, pour atténuer le danger que courent ces maçonneries, ont établi en avant de leurs casemates des glacis qui s'élèvent jusqu'à la hauteur du plan de tir des embrasures; mais ce n'est là qu'un palliatif très-insuffisant.

des embrasures, alors surtout que M. Mangin prétend que le feu des casemates est nul à cette période du siége ?

Ne pourrait-on pas d'ailleurs, partout où cela est nécessaire, supprimer les glacis en contre-pente et les remplacer par des contrescarpes, comme cela existe de fait sur la plupart des fronts de Germershein ? Ne pourrait-on couvrir les bastions par de véritables chemins couverts, comme les Allemands l'ont déjà fait sur quelques points ? Est-ce que le système polygonal n'en serait pas toujours ce qu'il est, c'est-à-dire, un système essentiellement différent du système bastionné ?

L'ouvrage de M. Mangin n'avait, à nos yeux, un véritable caractère d'importance et d'utilité que tout autant qu'il discuterait sérieusement les systèmes en présence, c'est-à-dire, les systèmes bastionné et polygonal, dont l'un tire son flanquement de lui-même et l'autre d'ouvrages extérieurs au corps de place proprement dit, qu'on les appelle caponnières ou autrement. Mais M. Mangin, au lieu de s'attaquer au système polygonal lui-même, s'est borné à critiquer des ouvrages existants, en prenant toujours les cas les plus favorables à sa thèse. Cela constitue une critique de faits accomplis, mais non celle d'un système ; de même que le système bastionné ne serait nullement atteint par de justes critiques adressées à quelques-unes de nos places, par exemple à celle de Lyon.

Nous insistons sur ce point, parce que nous aurons souvent à le rappeler dans ce qui va suivre, et aussi parce que c'est à ce point de vue que pèche toute l'argumentation de l'auteur.

Que M. Mangin se donne la peine de diriger des attaques, par exemple, contre le front dessiné dans l'ouvrage traduit en 1850 par M. le capitaine du génie *Théodore Parmentier*, ayant pour titre : *Expositions et descriptions d'un système de fortification polygonale et à caponnières, par un officier du génie prussien ;* et dès les premiers pas il reconnaîtra le néant des critiques qui ont déjà fait l'objet de notre examen.

Page 18 (suite).

Le tir à ricochet aura d'ailleurs d'autres effets encore plus dangereux peut-être pour la place. Des expériences faites en Angleterre ont en effet prouvé qu'on peut, au moyen du tir à ricochet, détruire jusqu'au pied des escarpes détachées de Carnot. (Suit le détail des expériences ci-dessus rappelées.)

Les expériences faites en Angleterre ne nous paraissent nullement concluantes, parce que les maçonneries n'avaient qu'un an de date, parce que le mur était déchaussé jusqu'au pied et que l'on pouvait sans cesse vérifier les coups et rectifier le tir. Pour avoir une valeur réelle, ces expériences devraient au moins être renouvelées contre un mur isolé à la Carnot de 10^{m} de hauteur et revêtu sur celle de 6^{m} environ, mur qui, dans ce cas, n'en conserve pas moins toutes les propriétés des murs isolés. Un profil à peu près semblable a été adopté à Lyon et à Rastadt.

Le tir en brèche serait sans effet contre un mur isolé, c'est-à-dire, détaché des parapets, s'il était appuyé à des voûtes comme cela a lieu à Germersheim.

Les murs isolés des parapets ont des propriétés incontestables :

1° Ils fournissent une deuxième ligne de feu ;

2° Ils procurent une économie qui permet de renforcer les autres parties de la défense ;

3° Ils permettent une plus grande surveillance et rendent les surprises ou les attaques de vive force plus difficiles ;

4° Ils permettent de faire une heureuse application du principe fécond de l'indépendance des parapets, tant recommandé avec juste raison par *Choumara* ;

5° Ils donnent de nombreux feux rasants qui ont pour effet de contrarier les approches de l'ennemi et l'établissement des batteries, surtout celles que l'assiégeant se voit obligé d'enfoncer pour battre assez bas les escarpes, ainsi que l'opération du passage du fossé, travaux entièrement dérobés aux feux élevés des parapets ordinaires.

6° Si ces murs isolés sont en bon état et bien fondés, les boulets, par suite de la force avec laquelle ils sont lancés de la batterie de brèche, parviendront seulement à traverser la partie isolée de la muraille, et les débris des maçonneries déplacées, au lieu de remplir le fossé, tomberont au contraire du côté où les masses comprimées rencontreront la moindre résistance ; c'est donc derrière la muraille que ces

Page 21.

Le vice de ces dispositions est d'ailleurs d'autant plus grave que les travaux à faire, pour atteindre d'aussi grands résultats, ne consistent qu'en parallèles et batteries, faciles à établir en avant d'un front quelconque de la place. L'ennemi ne manquera certainement pas d'en profiter pour ouvrir l'enceinte sur plusieurs points à la fois, et alors l'assiégé se trouvera exposé aux chances d'un assaut général que la plupart des garnisons ne songeront même pas à soutenir.

Pages 21 *et* 22.

Enfin, le même défaut aura pour conséquence encore d'annuler toutes les dispositions intérieures de la défense, à moins qu'elles n'aient reçu une extension démesurée. Ce qui permet, en effet, dans l'ancienne fortification, de n'éta-

débris formeront un nouvel obstacle, en fermant, pour ainsi dire, sans cesse les ouvertures faites par le canon.

Enfin nous ne saurions mieux faire que de citer les paroles de M. le maréchal *Vaillant*, qui, pour justifier le choix du Janicule pour l'attaque de Rome, dit dans la relation du siége : « La brèche eût été ouverte dans l'enceinte Aurélienne entre deux tours qu'on aurait démantelées le plus possible sans doute ; mais l'enceinte n'étant pas terrassée, cette brèche n'aurait été qu'un massif de blocs de maçonnerie bien difficile à franchir. »

On peut dire, il est vrai, que lors d'un assaut, l'assiégeant pouvant gravir partout le talus extérieur du parapet, ne manquera pas de tourner les angles d'épaule après avoir repoussé les petites colonnes envoyées contre lui par le chemin des rondes ; qu'il escaladera le bastion de tous les côtés à la fois pour envelopper les défenseurs et tourner leurs derniers retranchements ; mais cela n'aura pas lieu si la courtine n'est pas détachée comme le reste de l'enceinte, et d'un autre côté le danger s'applique principalement, non au système polygonal, mais au contraire au système bastionné à escarpes détachées.

Nous avons réduit à leur juste valeur les grands résultats dont parle M. Mangin. Nous avons démontré en outre l'existence chimérique de ces brèches faites à 600^{m} par les batteries à ricochet. Mais en fût-il autrement, est-il possible d'admettre que l'assiégeant s'exposerait à un assaut, alors même qu'il aurait fait quelques brèches incertaines de position, alors qu'il serait pris de front, à dos et à revers ? Oui certainement, la garnison soutiendrait un pareil assaut contre un ennemi assez imprudent pour le tenter.

Non, il n'est pas vrai de dire ou de conclure que le point d'attaque est partout ; et dans les places à système polygonal, comme dans les autres, il y aura nécessairement un

blir des retranchements intérieurs que sur quelques points de la place. C'est que les derniers travaux d'une attaque régulière ne peuvent pas s'exécuter devant tous les fronts ; mais ici, les derniers travaux n'étant pas nécessaires, on peut dire que le point d'attaque est partout, et dès lors c'est en arrière de tous les fronts qu'il faut élever des retranchements. Dans un petit fort on conçoit qu'un réduit central pourra en tenir lieu ; mais dans une place proprement dite, ce serait presque une deuxième enceinte qu'il faudrait établir en arrière de la première.

Pages 22, 23 *et* 24.

On objecte, il est vrai, que le mur soumis aux expériences précédentes n'a été détruit que parce que l'artillerie, connaissant exactement sa position, avait pu pointer avec une grande justesse et venir après chaque coup rectifier le tir : on ajoute qu'avant de donner l'assaut, il faudrait reconnaître la brèche, et que cette opération serait impraticable à la distance où on se trouve.

Ces observations sont fondées jusqu'à un certain point, si on les applique au système de Carnot, dans lequel le corps de place est couvert par des contre-gardes qui le masquent entièrement aux vues de la campagne, et que l'on peut occuper en forces, jusqu'à ce que l'ennemi les ait prises par des travaux réguliers ; mais il n'en est pas de même lorsqu'il s'agit d'une enceinte que ne couvre aucune contre-garde, aucune contrescarpe revêtue, aucun chemin couvert palissadé. La difficulté de reconnaître une brèche ne peut tenir, en effet, qu'aux obstacles matériels et à la résistance qu'on rencontre sur le chemin que l'on a à parou deux points d'attaque, à moins de choisir tout exprès un terrain propre à justifier cette étrange assertion.

Comment M. Mangin peut-il avancer qu'on fera brèche partout après avoir cru devoir renoncer à donner à sa deuxième parallèle le surcroît d'extension qu'entraîne le nouveau tracé? car nous ne pensons pas qu'il puisse admettre qu'on établira des batteries en l'air, en dehors du terrain des attaques régulières.

Mais nous faisons plus, nous concédons à M. Mangin que l'assiégeant devra partout établir des retranchements intérieurs, et il pourra le faire à l'avance, parce que la dépense en sera plus que compensée par l'énorme économie que présente dans son ensemble, comme il le reconnaît lui-même, le système polygonal. C'est pour cela qu'à Germersheim chaque saillant du bastion est pourvu d'un retranchement intérieur, et qu'à Rastadt il existe en arrière de l'enceinte terrassée une deuxième enceinte continue en maçonnerie.

En vérité, il nous semble qu'il faut être bien décidé d'avance à repousser un système pour produire une semblable argumentation, dont nous ne pouvons rien accepter.

D'abord, M. Mangin raisonne dans l'hypothèse de l'existence de brèches ouvertes à 600^{m} dont nous avons démontré l'impossibilité.

Ensuite, toute sa critique du système polygonal ne porte que sur des détails, sur l'absence de contrescarpes revêtues, chemins couverts, etc., etc. M. Mangin n'ignore pas plus que nous, comme il le reconnaît tardivement, sans se douter que cet aveu détruit son argumentation, qu'à Germersheim et à Rastadt, par exemple, ces accessoires existent; et qu'en réalité il ne touche nullement (observation qu'il faudrait lui faire à chaque instant) à la question posée entre le système bastionné et le système polygonal, tels que nous les avons définis.

Cet ingénieur parle de la facilité de reconnaître les brèches du corps de place et de circuler dans le fossé sans courir. Ici ces obstacles ont disparu, et avec eux toute possibilité d'organiser une résistance à l'intérieur. L'assiégeant ne se trouve qu'à 300 ou 400 mètres de distance du fossé, et comme il ne lui faut que quelques minutes pour franchir cet intervalle, il peut, à tout instant de la nuit, et avant d'avoir essuyé un seul coup de fusil, aborder les détachements que la garnison voudrait tenir au dehors de l'enceinte. Les feux casematés ne seront pour les derniers d'aucun secours, à moins qu'on ne les dirige sur les deux partis à la fois. Tout rassemblement devient donc impossible dans les fossés des ouvrages, et on pourrait presque dire que l'assiégé n'y pourra pas laisser une sentinelle, sans craindre de la voir enlever par les petits détachements que l'ennemi mettra sans cesse en campagne, soit pour aller reconnaître les brèches, soit pour mettre la garnison en alarme. Ainsi donc nulle difficulté dans cette reconnaissance, à moins toutefois que le corps de place ne soit complétement entouré d'une ceinture d'ouvrages extérieurs, première condition que limite singulièrement l'emploi des glacis en contre-pente; mais dans cette hypothèse même, les brèches faites aux escarpes détachées des ouvrages situés en avant du corps de place, entraînent encore pour l'assiégé de très-fâcheuses conséquences : leur accès n'étant défendu par aucun obstacle matériel, elles exposent l'armement et la garnison de ces ouvrages à toutes les irruptions de l'assiégeant et mettent le défenseur, obligé de rester en mesure de repousser sans cesse de pareilles attaques, dans une position bien difficile à soutenir, dès qu'elle se prolonge pendant toute la durée d'un siége.

Pages 25 *et* 24.

En résumé : destruction rapide du flanquement, destruction de l'enceinte même avec ses murailles fragiles, suppression des obstacles qui pourraient rendre difficiles la reconnaissance et l'accès des brèches ou gêneraient la retraite de l'ennemi après une attaque, tout se réunit pour mettre cette fortification dans le cas d'être immédiatement enlevée de vive force par l'assiégeant.

s'inquiéter nullement ni des feux des places d'armes restées intactes, ni des feux obliques des flancs de la courtine. Croit-il que quel que soit le ravage produit dans les caponnières par les batteries de ricochet à 600^m, l'assiégé ne pourra pas, dans leurs ruines mêmes, embusquer un nombre d'hommes suffisant pour faire payer cher la témérité de l'assiégeant ? Mais ce n'est pas tout : quand il s'agit de livrer un assaut, il ne suffit pas de reconnaître la brèche, il faut surtout disposer les colonnes d'assaut à bonne portée et à couvert. Ces colonnes partiront-elles de la parallèle, ou bien se formeront-elles sur le glacis, à découvert sous le feu des demi-lunes et sous le feu terrible du corps de place resté intact ? Non, l'assiégeant ne sera pas assez fou pour tenter une telle aventure, et les prétentions de M. Mangin sont réduites à néant.

Enfin, M. Mangin nous parle des irruptions incessantes de l'assiégeant contre les ouvrages extérieurs, comme si c'était par de tels procédés qu'on peut s'emparer de demi-lunes revêtues flanquées par un corps de place qui dispose d'une formidable artillerie.

Nous terminerons notre réponse à ce passage de l'ouvrage, en priant M. Mangin de nous expliquer comment l'existence d'une ceinture d'ouvrages extérieurs *limite singulièrement l'emploi des glacis en contre-pente*.

D'après ce que nous avons déjà dit, nous nous croyons parfaitement fondé à repousser toutes les conclusions de l'auteur.

Aussi, dans la plupart des constructions nouvelles, a-t-on renoncé déjà aux glacis en contre-pente et même aux escarpes détachées; à Germersheim, par exemple, la place est entourée d'un revêtement avec voûte en décharge, d'une contrescarpe revêtue et d'un chemin couvert; il ne reste donc plus du nouveau système que les caponnières casematées, et encore commence-t-on à se préoccuper sérieusement du danger auquel elles sont exposées de la part des batteries à ricochet. Nous sommes convaincu qu'elles auront aussi leur tour et subiront une transformation radicale, ou partageront le sort des autres innovations déjà abandonnées.

Pages 25, 26 *et* 27.

Ici M. Mangin reconnaît quelques avantages inhérents au tracé polygonal, tout en cherchant à les atténuer.

Page 27 (*suite*).

Enfin, le dernier avantage qu'on fait valoir en faveur de la fortification polygonale, c'est qu'elle n'a pas, comme la fortification bastionnée, des flancs qui rétrécissent l'intérieur de la place et sont pris à dos par les ricochets dirigés sur les faces adjacentes. Ce défaut de l'ancienne fortification paraît très-sérieux au premier abord; c'est un de ceux qui ont donné lieu aux plus vives critiques. Il est facile de voir cependant que, s'il peut acquérir assez de gravité à la fin du siége, il en a certainement très-peu dans la période actuelle. Les flancs n'ont en effet qu'une action très-éloignée sur la campagne, et c'est surtout avec l'artillerie des faces et avec celles des demi-lunes qu'on s'oppose aux progrès de l'ennemi jusqu'au moment où il couronne le chemin couvert. Or, les dangers que peut courir cette artillerie ne sont nullement augmentés par l'existence des flancs; la défense éloignée n'en souffrira donc pas, et la fortification bastionnée n'opposera pas moins d'obstacle

Cela ne prouve qu'une chose, c'est que, comme nous l'avons déjà reconnu, les premières applications du système polygonal n'ont pas été faites le plus judicieusement possible, qu'on s'est laissé, peut-être, un peu trop séduire par les idées nouvelles à cause du caractère anti-français qu'on leur prêtait, que le système polygonal est susceptible de perfectionnements que ne semble pas comporter le système bastionné.

Puisque M. Mangin reconnaît que la place de Germersheim est pourvue d'escarpes casematées et de contrescarpes revêtues, pourquoi les a-t-il supprimées dans son projet d'attaque ? (*Pl.* I, *fig.* 1).

Contrairement à ce que semble penser cet ingénieur, les caponnières avec l'absence de bastions proprement dits, constituent ce qu'on appelle partout le système polygonal.

Nous n'avons donc pas d'observations à consigner.

Nous restons confondu de surprise en lisant la conclusion de ce passage, et les efforts de langage qu'emploie M. Mangin pour y arriver ne peuvent indiquer chez un ingénieur aussi distingué qu'un parti pris de nier même les avantages incontestables du système qu'il attaque sous forme d'examen.

Ainsi, d'après lui, les feux de flanc du système bastionné sont sans valeur et sans effet jusqu'au moment où l'assiégeant arrive à la crête du glacis; certes cela n'est pas admissible ; mais supposons le contraire. Comme M. Mangin ne peut nier qu'au moment où on croira devoir en faire usage pour la défense, l'artillerie de ses flancs sera promptement ruinée par les batteries de ricochet dont rien ne gêne l'action jusqu'au dernier moment du siége, il faudra bien qu'on nous accorde cette conclusion fatale au système bastionné, que l'artillerie des flancs ne peut être utilisée en aucun moment du siége, ce qui revient à dire que dans le système bastionné la défense rapprochée, celle du fossé

que la fortification polygonale aux travaux d'approche exécutés entre la deuxième parallèle et la crête des glacis; c'est donc encore en vain que, sous ce rapport, on veut trouver des avantages au nouveau système.

Page 29.

On peut admettre que tous les travaux ne présentent rien de bien particulier; mais à partir de ce point (3e parallèle), l'attaque ne se trouve plus dans les mêmes conditions qu'autrefois. D'une part, elle a devant elle un glacis en contre-pente destiné à faciliter les sorties; de l'autre, elle n'a plus à redouter les feux rasants et rapprochés qui partaient du chemin couvert, etc.

Pages 29 (*suite*), 30, 31 *et* 32.

Ici M. Mangin se donne le plaisir de combattre ce qu'il a créé dans sa place idéale, c'est-à-dire l'absence des contrescarpes et la ceinture d'un glacis à contre-pente.

Pages 33, 34..... 43.

M. Mangin essaie de démontrer que le système polygonal ne favorise pas mieux que le système bastionné, les sorties extérieures éloignées ou rapprochées, ni les sorties qu'il appelle intérieures. Nous nous abstiendrons de rapporter ses longs développements, mais nous discuterons consciencieusement ses propositions.

De la suppression des chemins couverts sous le rapport des sorties. Elle est sans utilité pour les sorties éloignées.

et de la brèche se réduisent aux feux plongeants de mousqueterie, et que la construction des batteries de brèche n'est plus alors qu'une opération ordinaire.

Nous ne saurions le répéter trop souvent, M. Mangin raisonne sur les attaques d'une place idéale, et il s'acharne contre le glacis en contre-pente qu'il sait très-bien n'exister dans aucune des places du nouveau système de la frontière rhénane. Croit-il d'ailleurs que les feux rasants, partant de l'escarpe du corps de place et des ouvrages extérieurs, perdront beaucoup de leur valeur pour partir de 60^m au plus en arrière ? Nous pensons le contraire.

Nous répondrons encore : qu'est-ce que tout cela prouve contre le système polygonal ? Dites seulement que vous combattez les idées exagérées de Carnot.

Tous les raisonnements de M. Mangin ont pour base l'absence des chemins couverts et d'escarpes revêtues, comme aussi l'existence d'une ceinture de glacis à contre-pente. Sans craindre de nous répéter, nous dirons encore que la discussion ne porte que sur des détails d'exécution qui n'infirment en rien le système polygonal proprement dit, puisque, à Germersheim, par exemple, tous les fronts sont pourvus de contrescarpes revêtues et de chemins couverts, ce qu'il n'ignore pas. Cette réserve faite, nous allons examiner les critiques de cet ingénieur.

Il n'est pas vrai que la suppression des chemins couverts ne facilite pas les sorties éloignées. Cela résulte pour nous évidemment de ce que M. Mangin dit lui-même, savoir : Que les troupes sortiront en colonnes, et que dès lors la difficulté ne consistera pas à déboucher de la place, mais à marcher à l'ennemi, à se déployer devant lui et à l'aborder. N'est-il pas évident, en effet, que ce déploiement sera con-

Les grandes sorties sont devenues un dangereux moyen de défense depuis l'invention des parallèles; toutefois le chemin couvert en permet l'exécution.

Les glacis en contre-pente favorisent la retraite des troupes, mais en facilitent aussi la poursuite.

Le glacis en contre-pente permet à l'assiégeant d'arriver pendant la nuit jusqu'aux escarpes de la place.

Le chemin couvert favorise éminemment les petites sorties et la défense pied à pied : c'est la véritable base de l'assiégé pour la défense extérieure.

sidérablement gêné par les issues étroites et peu nombreuses du chemin couvert, etc. ?

Nous convenons volontiers que l'invention des parallèles et places d'armes a rendu plus dangereuses les sorties éloignées, mais elle ne leur a enlevé ni leur possibilité, ni leur utilité dans une foule de circonstances. N'est-il pas évident que le chemin couvert, alors même qu'il n'est pourvu que d'une simple rangée de palissades, doit contrarier ces grands mouvements qui exigent, avant tout, de l'ensemble et de la promptitude ? Et que le palissadement rendra très-difficile et très-confuse la rentrée des sorties ? Enfin, n'est-ce pas reconnaître, pour ce cas particulier, les avantages du glacis à contre-pente que de dire comme M. Mangin : « Quant à la retraite des troupes, elle pourra s'effectuer facilement aussi, et sans encombrement, par toutes ces barrières éloignées à peine de quelques mètres. » Nous vous dirons à notre tour : que deviennent l'influence et les feux d'un chemin couvert tout découpé de barrières distantes à peine de quelques mètres ?

L'assertion de M. Mangin ne serait fondée que tout autant que tous les feux rasants de la place seraient éteints, et nous avons démontré qu'il n'en peut être ainsi. D'un autre côté, n'est-il pas incontestable que des troupes poursuivies par l'assiégeant et obligées de rentrer au milieu de la nuit par cette multitude de barrières dont est garni le chemin couvert, seraient exposées à la plus horrible confusion et à être taillées en pièces par les poursuivants ?

Pour arriver à démontrer cette proposition, M. Mangin est toujours obligé de supposer réduits à néant tous les feux de la place, même ceux des demi-lunes et des réduits. Le lecteur sait à quoi s'en tenir sur ce sujet.

Nous nous empressons de reconnaître que le chemin couvert favorise les petites sorties et qu'il est l'âme d'une défense pied à pied. C'est là le rôle avantageux du chemin couvert ; mais nous ne pouvons admettre que : « Au mo-« ment où la sortie sera obligée de battre en retraite, l'as-« siégeant pourra, non-seulement la suivre immédiatement

La suppression de la contrescarpe rend impossibles les sorties intérieures. La descente et le passage du fossé se feront en sape ordinaire.

Pages 45 *et* 46.

De l'emploi des feux verticaux suivant les idées de Carnot. Expériences faites en Angleterre. Peu d'efficacité de ces feux et moyen de s'en garantir.

« l'épée dans les reins, mais encore faire partir de sa troi-
« sième parallèle, à droite et à gauche, des détachements
« qui, se portant dans le fossé, préviendront l'ennemi sur
« quelque point du trajet, etc., etc. » De pareilles exagérations n'ont pas besoin d'être réfutées, car les admettre, ce serait réduire la place à un rôle inerte et supposer qu'à ce moment du siége, toute la défense se réduit à l'action des sorties.

Nous reconnaissons encore volontiers qu'une contrescarpe revêtue facilite les sorties intérieures et augmente les difficultés du passage du fossé. Nous faisons cette concession d'autant plus volontiers que rien, dans le système polygonal, n'exclut l'usage des contrescarpes ; mais comme nous n'avons jamais admis, avec juste raison, la destruction de la caponnière dès l'ouverture de la deuxième parallèle, nous persistons à penser que cet ouvrage favorisera au moins autant que la tenaille les retours offensifs dans le fossé, et, bien mieux que cette dernière, servira de refuge assuré aux défenseurs.

Nous nous contentons encore d'énoncer les propositions de M. Mangin, parce qu'il suppose gratuitement que les Allemands ont voulu réaliser l'emploi des feux verticaux à la Carnot qui néanmoins, il faut bien le reconnaître, ne sont pas aussi insignifiants que cet ingénieur le prétend ; car si on peut conclure d'expériences indirectes qu'une balle ne tue qu'en frappant à la tête, il n'en est pas moins vrai que les contusions produites par le plus grand nombre des balles mettront beaucoup d'hommes hors de combat et causeront un désordre incessant dans les tranchées. M. Mangin le reconnaît lui-même en recommandant les bonnets d'osier de Vauban, les capuchons en cuir de Rogniat et les appentis. Nous nions d'ailleurs que l'assiégeant puisse conduire ses travaux à la sape volante. Les Allemands ont seulement compté sur les feux courbes de l'artillerie qui resteront intacts jusqu'au dernier moment du siége, tandis que ceux des anciennes places seront éteints.

Page 47.

Le seul avantage que présentent les dispositions nouvelles sera donc de fournir aux pierriers et aux mortiers des abris à l'épreuve de la bombe et de ménager aussi ces bouches à feu et leurs servants; mais cet avantage lui-même n'est pas très-considérable; car ordinairement on place ces pièces sur les points de la fortification les moins exposés au ricochet; et ce sont d'ailleurs celles qui risquent le moins d'être démontées. Aussi trouvera-t-on peut-être que l'argent affecté à la construction des casemates destinées à les abriter, pourrait être mieux employé.

Pages 48 et 49.

Couronnement de la contrescarpe. Le peu de saillie des ouvrages extérieurs permet de couronner à la fois leur contrescarpe et celle du corps de place.

Pages 50 et 51.

Le couronnement n'aura rien à redouter des feux de l'escarpe détachée.

L'avantage signalé par M. Mangin est incontestable et de grande valeur. Il a beau dire, pour l'atténuer, que ces pièces sont plus difficilement démontées que les autres et qu'on les place ordinairement sur les points les moins exposés ; le danger de leur rapide destruction restera réel, à moins qu'on ne les porte sur des emplacements où leur effet sera à peu près nul par suite de la distance ou de l'obliquité du tir. — L'argent employé aux casemates constitue une dépense d'autant plus utile que le système polygonal n'en reste pas moins plus économique que le système bastionné. M. Mangin aurait bien dû indiquer le meilleur emploi à faire pour la dépense des sommes employées à ces casemates.

Dans ce chapitre, M. Mangin critique avec juste raison le peu de saillie des demi-lunes, et nous adoptons ses conclusions ; mais cette critique de détail ne touche en rien le système polygonal. Les systèmes de Deville, d'Errard, Pagan et même Vauban, cessent-ils d'être des systèmes bastionnés, parce que les demi-lunes y ont beaucoup moins de saillie que dans ceux de Cormontaingne, Bousmard et Chasseloup ?

Il est vrai, ainsi que le dit M. Mangin, que l'escarpe détachée de Coblentz et celle avec voûtes en décharge de Germersheim, par suite de leur construction vicieuse et du peu d'élévation de leurs créneaux au-dessus du fond du fossé, ne donneront que des feux ascendants ; mais, comme nous l'avons fait observer en son lieu, le système des escarpes détachées comporte parfaitement un chemin de ronde situé à 5 ou 6 mètres au-dessus du fossé, comme à Rastadt, et dans ce cas l'objection perd à peu près toute sa valeur.

D'ailleurs M. Mangin semble perdre de vue que le plan du glacis étant à peu près parallèle aux plongées du corps de place et presque dans leur prolongement, ce dernier donnera des feux rasants sur toute l'étendue du glacis, et

Le couronnement n'aura pas de chicanes à subir et marchera avec la plus grande rapidité.

Pages 51 (*suite*) *et* 52.

Effets de l'artillerie casematée. Elle n'empêchera pas le couronnement du glacis.

Cependant lorsque ces caponnières auront deux étages comme à Coblentz, les batteries supérieures découvriront assez bien le couronnement, mais elles en sont éloignées de 300 mètres environ, et, à cette distance, les batteries de la place n'ayant jamais empêché, de nuit, l'exécution des tranchées, on ne peut admettre qu'il en soit autrement dans la circonstance actuelle.

Pages 53, 54 *et* 55.

Les contre-batteries pourront s'établir à la manière ordinaire.

que l'effet de sa mousqueterie sera éminemment favorisé par le rapprochement de la crête du glacis et le peu de saillie des demi-lunes, comme aussi par les grandes lignes droites du système polygonal.

Il est vrai que le couronnement n'aura pas à redouter les chicanes partant du chemin couvert si ce dernier n'existe pas.

M. Mangin ne craint pas de nier le terrible effet des batteries casematées à une distance de 300 mètres après avoir préconisé l'effet du tir de ses batteries à 600 mètres contre des obstacles invisibles. A quelle distance faut-il donc réduire la bonne portée de l'artillerie à une époque où la mousqueterie elle-même porte des coups sûrs à 600 mètres? Est-il besoin de réfuter de pareilles assertions? Oui, cela est vrai; dans les places bastionnées on n'a jamais empêché de nuit le travail des tranchées, on n'en a pas même rendu l'exécution pénible et périlleuse, par la raison toute simple que, quand l'assiégeant établit sa troisième parallèle, il a déjà fait taire tous les feux d'artillerie de la place, et s'il reste encore un petit nombre de pièces réservées, elles sont aussitôt détruites que mises en batterie. Mais la même chose n'ayant pas lieu dans le cas dont il s'agit, nous sommes en droit de tirer une conclusion entièrement contraire à celle de M. Mangin.

M. Mangin tire la conclusion ci-contre de ce que les contre-batteries sont éloignées de 300 mètres des caponnières, comme le sont à peu près de la place les batteries de la 2e parallèle; que les feux du corps de place ne sont jamais parvenus à empêcher, et de ce que ces travaux ont été parfois achevés malgré les feux supérieurs et quelquefois redoublés des flancs du système bastionné.

M. Mangin aurait pu dire que les contre-batteries s'exécuteront quelle que soit l'importance et la supériorité des feux de la place, sauf à laisser son assertion sans preuves. Il est possible que les feux les plus terribles n'empêchent

Page 56.

Quant aux batteries de brèche, elles ne seront pas indispensables, si la place est entourée d'un mur à la Carnot ; dans le cas même où ce mur ne serait pas déjà ouvert en plusieurs points par le tir à ricochet, il suffirait de diriger contre l'angle saillant le feu des dernières pièces des contre-batteries pour y ouvrir une brèche d'une largeur suffisante.

Si au contraire l'escarpe est formée d'un revêtement en décharge, comme à Germersheim, des batteries de brèche proprement dites deviendront nécessaires ; mais leur construction n'aura pas à souffrir des feux de l'artillerie casematée, car elles échapperont à ses vues. Elles n'auront donc à craindre que les feux du chemin de ronde et ceux du parapet terrassé de la place. Nous avons vu que les premiers étaient sans efficacité contre les travaux faits sur le glacis, et que les autres n'étaient pas plus dangereux que

pas la construction de ces batteries, mais certainement ils en rendront l'exécution tellement lente et meurtrière que tout sera subordonné au moral de la troupe et à un sacrifice d'hommes; mais quelle en sera la limite? Je l'ignore comme M. Mangin, et certes il y en a une, car s'il en était autrement, rien n'empêcherait de s'emparer d'une place en forçant directement l'une de ses portes et on ne pourrait s'expliquer le rôle de ces faibles retranchements qui ont quelquefois décidé le sort d'une bataille.

En outre, dans ses appréciations, M. Mangin ne tient aucun compte des feux des réduits, des traverses, des fossés, ni même des demi-lunes. Or, on n'a pas oublié que, arguant du peu de saillie de ces dernières, il a admis qu'on ferait à la fois le couronnement de la demi-lune et de la contrescarpe des batteries voisines, ce que nous ne saurions accepter. Mais, dans ce cas, s'est-il rendu compte de l'effet des feux casematés de la demi-lune contre les batteries de brèche et contre les contre-batteries élevées du côté de la demi-lune, près du saillant de la contrescarpe à 150 mètres des faces de cet ouvrage? Non, certainement.

Nous persistons à penser que de la deuxième parallèle on n'aura pas fait brèche au corps de place et que si l'artillerie y avait fait quelques trouées, l'ennemi aurait eu tout le temps nécessaire pour les fermer. Même avec le mur à la Carnot on sera obligé d'avoir recours aux batteries de brèche si, comme à Rastadt, l'escarpe fait revêtement vers les saillants ou si le mur crénelé est établi convenablement ainsi que nous l'avons déjà expliqué ailleurs.

Nous soutenons que les batteries de brèche seront plus difficilement établies que dans la fortification bastionnée, parce que les hommes employés à leur construction auront à essuyer le feu rasant de l'escarpe casematée si, comme nous l'avons dit, son chemin de ronde est à une hauteur suffisante, et le feu des caponnières, à moins que vous n'attendiez la réduction de ces dernières pour établir les batteries de brèche.

ceux des anciens systèmes : nous avons fait remarquer que les ouvrages collatéraux prenaient, en général, moins de revers sur les batteries, et que par conséquent les traverses seraient moins longues et moins multipliées : ces batteries seront donc au moins aussi faciles ici que devant la fortification ordinaire.

Pages 57, 58 *et* 59.

Les contre-batteries, lorsqu'elles seront construites, détruiront rapidement les caponnières.

Le chemin de ronde ne sera plus tenable après l'établissement des contre-batteries.

Nous soutenons surtout que si on ne s'est pas emparé préalablement de la demi-lune, cet ouvrage rendra presque impossible l'établissement des batteries de brèche des bastions ; il faudra marcher plus lentement et avec plus de réserve, ou les conclusions de M. Mangin sont fausses.

Pour développer et corroborer cette thèse, M. Mangin admet que les contre-batteries seront construites comme à l'ordinaire, qu'elles détruiront facilement les caponnières casematées *dont chaque coup emportera un éclat ;* et il cite à l'appui l'opinion de *Deville.* Enfin il dit que ces contre-batteries détruiront l'angle saillant du mur détaché, ruineront, en l'enfilant, le chemin des rondes et par suite les casemates des flancs de la courtine.

Il faudrait d'abord nous prouver qu'on parviendra à établir les contre-batteries. Les contre-batteries et batteries de brèche auront d'ailleurs beaucoup à souffrir des feux casematés des réduits de places d'armes et de ceux des faces des caponnières restés intacts et qui permettront aux défenseurs de se maintenir dans les caponnières. Les contre-batteries de l'assiégeant ne détruiront pas l'angle saillant s'il est plein et revêtu comme à Rastadt, et elles ne pourront enfiler le chemin des rondes et atteindre les batteries casematées de la courtine que tout autant qu'on les augmentera beaucoup en les prolongeant vers le rentrant du chemin couvert où, dépourvues de traverses, elles resteront en prise à tous les feux de flanc. La citation de *Deville* ne prouve rien, car il aurait fallu nous dire en quoi consistaient les casemates dont il parle. Enfin si le mur détaché est organisé comme nous l'avons dit, il ne vous en restera pas moins à renverser une escarpe de 6 mètres surchargée de tous les débris de la partie supérieure. Non certes, il ne faut pas exagérer outre mesure l'emploi des feux casematés, mais l'essentiel, c'est d'en conserver jusqu'à la fin du siége, et nous sommes convaincu que ce but peut être atteint dans le système polygonal.

Pages 60 *et* 61.

Durée des travaux précédents. L'assaut au corps de place deviendra beaucoup plus facile par suite de la suppression de la contrescarpe.

Page 62.

Danger permanent résultant de la suppression de la contrescarpe.

Page 63.

Nous avons supposé dans ces dernières opérations qu'il s'agissait d'un corps de place entouré d'un mur à la Carnot, et nous nous sommes dispensé d'établir des batteries destinées spécialement à y faire brèche. Nous avons fait remarquer toutefois que si, au lieu d'un mur détaché, c'était une escarpe terrassée qui entourât la place comme à Germershein, les contre-batteries ne suffiraient peut-être plus pour y ouvrir des brèches praticables ; mais dans ce cas-là même, elles pourraient encore, par leurs dernières pièces, ouvrir et désorganiser l'escarpe, en abattant d'abord

M. Mangin admet que les contre-batteries dirigeront leurs feux contre les réduits de places d'armes dont les flancs sont mis à découvert par le glacis en contre-pente. Mais que deviendrait cette augmentation si le glacis en contre-pente était remplacé par une escarpe que comporte parfaitement le système polygonal ? D'ailleurs on ne détruira pas les faces de ces ouvrages pas plus que celles des caponnières. De ce que la demi-lune sera ouverte au saillant on ne donnera pas assaut à la fois à la demi-lune et au corps de place, car on n'aura réellement la possibilité de ruiner complétement les réduits et les caponnières qu'après s'être emparé de la demi-lune.

Enfin on ne se dispensera pas de descente ni de passage fossé s'il existe seulement une contrescarpe autour des saillants.

Nous comprenons l'importance d'obliger l'assiégeant à une descente de fossé : quant au passage même du fossé, nous croyons fermement qu'il ne saurait en être question devant une place à fossés secs quand la brèche est praticable et la descente de fossé opérée.

Contrairement à l'avis de M. Mangin, nous pensons qu'une escarpe détachée, en dehors des attaques, offre plus de garantie contre les surprises qu'une contrescarpe précédée d'un chemin couvert non défendu.

Nous avons cité ce passage dans tout son entier pour montrer à quelles exagérations un esprit juste peut être conduit, lorsqu'il se met au service d'une idée exclusive.

L'escarpe terrassée de Germersheim exigera, non pas peut-être, mais très-certainement, que l'on y fasse brèche, comme dans les enceintes ordinaires, et nous disons encore qu'il en sera ainsi avec une escarpe à la Carnot de 10 mètres, revêtue sur 6 mètres de hauteur.

Nous admettons que les contre-batteries ruineront facilement le mur de masque de la batterie de mortiers, mais le mur détaché qui ferme la cour du saillant (*Pl.* 4, *fig.* 6 *et* 7) et ensuite les murailles crénelées qu'on a élevées à grands frais en arrière des casemates à mortier : elles rendraient ces abris en maçonnerie tout à fait intenables ; elles ruineraient leurs communications avec les galeries d'escarpe adjacentes et permettraient ainsi à l'assiégeant d'aller se loger sous ces voûtes à demi renversées et d'aborder la poterne qui conduit à l'intérieur de la place. Sans doute cette communication sera obstruée par des décombres ou fermée par l'assiégé, et la brèche ouverte dans ces maçonneries ne serait pas praticable ; mais il suffirait pour la rendre telle que l'assiégeant établît dans le vide de ces ruines quelques gros fourneaux de mine, dont l'explosion soulèverait tout le rempart, ouvrirait dans la place une trouée qui permettrait vraisemblablement de donner l'assaut sur-le-champ.

Nul doute, dans tous les cas, qu'on ne détruisît par le canon les murs de tête des casemates à mortier, qu'on n'en désorganisât tout l'intérieur et qu'on ne s'y logeât immédiatement. Ces opérations ne demanderaient qu'un temps fort peu considérable, vu le peu d'épaisseur du mur de masque. Au reste pendant qu'elles s'exécuteraient, rien n'empêcherait de commencer, si on le jugeait nécessaire, la construction de batteries destinées spécialement à faire brèche à l'enceinte ; entreprises 24 heures plus tard que les précédentes, elles tireraient le quatorzième jour, et ce serait là le terme de la défense, car alors il y aurait brèche praticable au corps de place et le flanquement du fossé serait détruit.

Pages 65 *et* 66.

Défaut de simplicité du corps de place. — Isolement des hommes. — Morcellement de la défense.

nous n'admettons pas qu'on détruira sans de grandes difficultés les murs en arrière, de manière à interrompre la communication avec le chemin de ronde, car ces murs casematés seront couverts par les décombres du mur de masque dont les débris, comme nous l'avons dit ailleurs, tomberont en arrière et non dans le fossé.

Après avoir affirmé que l'assiégé ne pourra se maintenir dans les caponnières dont on a ruiné les flancs sans toucher ni aux faces ni au saillant, M. Mangin ne craint pas d'affirmer que l'assiégeant se logera facilement au milieu des décombres du saillant des bastions et, *dans le vide de ces derniers*, il pourra établir des fourneaux dont la détonation fera sauter le rempart et ouvrira la place. Nous n'avions jamais pensé qu'il suffît de quelques fourneaux établis dans des ruines pour faire sauter des bastions et s'introduire dans une place ; mais ce qui est plus certain, c'est que l'ennemi chassera vingt fois l'assiégeant de ce que M. Mangin appelle ses logements et qu'il aura toutes facilités pour le faire sauter et lui faire payer cher sa témérité. Il ne faut pas perdre de vue d'ailleurs que M. Mangin propose d'exécuter ces opérations périlleuses avant la prise des demi-lunes, des réduits et des caponnières. De pareilles exagérations se réfutent d'elles-mêmes.

M. Mangin termine en disant que le flanquement du fossé sera détruit. A cela il est facile de répondre que rien n'empêchera l'assiégé de disposer en flanquement des portions de parapets vers le saillant, comme on l'a déjà fait à Rastadt.

Sans citer le texte même, ce qui nous paraît inutile, nous répondrons à M. Mangin qu'il nous suffit de retourner ses propres arguments. Il est évident que le tracé du système polygonal est aussi simple que celui du système bastionné et que la surveillance du corps de place y est plus facile, que les terre-pleins y sont aussi continus et plus courts à par-

Page 67.
Défaut de flanquement pour la mousqueterie.

courir. La surveillance des poternes n'offrira pas plus d'embarras, et nous pouvons même affirmer qu'elle en présentera beaucoup moins que celle des demi-lunes et des réduits de demi-lunes du système bastionné ; car à nos yeux la caponnière est simplement un ouvrage destiné à remplacer avantageusement à la fois deux bastions et le réduit de demi-lune, et l'on pourrait considérer la caponnière comme un réduit de demi-lune mieux entendu.

Si M. Mangin admet qu'une fois qu'on aura abattu les parties des murs qui relient le corps de place aux caponnières de Germersheim, *la sûreté des ouvrages sur lesquels repose exclusivement le flanquement de l'escarpe se trouvera immédiatement compromise*, nous lui demanderons ce qu'il faut penser de la sûreté des ouvrages extérieurs dans le système bastionné.

On mettra des hommes dans les caponnières comme on en met dans tous les ouvrages extérieurs; mais jusqu'au moment où ces caponnières entreront en action, il suffira d'un très-petit nombre de surveillants canonniers ou autres, car nous ne pensons pas qu'on ait la prétention de s'en emparer dès le début du siége.

Il est évident que le nouveau système est plus dépourvu que l'ancien du flanquement par la mousqueterie; mais M. Mangin qui, plus loin parle des progrès des armes à feu, pense-t-il que l'on puisse raisonnablement aujourd'hui fixer à 250 mètres la limite de la bonne portée de la mousqueterie? et, si, comme nous le croyons, cette limite doit être fortement augmentée, ne pourra-t-on pas, sur le corps de place, se procurer des flanquements de mousqueterie par quelques mouvements de terre, ou mieux encore en adoptant, par exemple, les flancs de courtine du troisième système de Vauban? Dans tous les cas l'action de la mousqueterie est remplacée par celle de l'artillerie et M. Mangin ne donne aucune raison qui puisse faire préférer la première à la seconde.

Enfin, si dans le système bastionné, les ingénieurs ont

Page 68.

Enfin ces casemates devront avoir en tout temps une partie de leurs embrasures ouverte pour permettre l'action immédiate de l'armement de sûreté et assurer la défense de l'enceinte contre une attaque de vive force. Or quelles que soient les précautions que l'on prenne pour les surveiller, de pareilles ouvertures sur tout le pourtour de la place sont assurément un très-grave inconvénient.

Peut-être même peut-on faire un semblable reproche aux créneaux de l'escarpe détachée, surtout lorsqu'ils présentent, comme ceux que l'on construit aujourd'hui en Allemagne, un évasement assez considérable au dehors. Il se pourrait que l'on ne rencontrât pas une grande difficulté à porter dans ces ouvertures peu élevées quelques sacs de poudre, dont l'explosion produirait, sinon de véritables brèches, au moins des trouées qui réduiraient considérablement la hauteur d'escarpe et ne seraient pas sans danger pour l'assiégé. Cette opération présenterait assurément moins de difficultés que celle d'attacher le pétard à une porte bien surveillée comme on le faisait autrefois. Elle serait ici d'autant plus facile, que le corps de place, ainsi que nous l'avons déjà fait remarquer, serait accessible partout.

Page 69.

Mauvaise organisation des masques qui ferment les fossés de la demi-lune.

Page 70.

Le défenseur dans cette fortification pierreuse se trouve partout exposé aux éclats des maçonneries.

basé la longueur des lignes de défense sur la portée de la mousqueterie, c'est parce qu'ils ne pouvaient compter sur l'artillerie de la place réduite au silence dès la deuxième parallèle.

M. Mangin ne croit pas plus que nous à l'attaque de vive force de l'une des places qu'il examine, à moins qu'elle ne soit dépourvue de défenseurs.

Toutes ses critiques sont des critiques de détail qui n'infirment en rien le système polygonal et qui seraient réduites à néant, si, comme cela est possible et comme nous l'avons déjà recommandé, le chemin de ronde était placé à une hauteur suffisante au-dessus du fond du fossé. Nous avons vu aussi un ingénieur français évaser en dehors les créneaux, en souvenir de ceux que le général *Haxo* fit construire ainsi en sacs à terre, au siége d'Anvers, et nous reconnaissons que les créneaux en maçonnerie évasés au dehors sont absurdes, même avec un double évasement en sens inverse dans les murs épais.

L'armement de sûreté n'exigera qu'un petit nombre d'ouvertures qu'on pourra toujours fermer avec des volets. Tout cela est peu important, et nous n'insisterons pas davantage.

Comme M. Mangin, nous préférons les masques en terre employés par les ingénieurs français ; mais peut-être pourrait-on combiner avantageusement les deux systèmes de masses couvrantes.

Cette assertion de M. Mangin paraît fondée au premier abord, mais elle n'est que spécieuse. En effet dans le système bastionné sans abris, le défenseur, s'il n'a pas à craindre les éclats de pierre, est sans cesse en prise à tous les feux

Pages 70 (suite) *et* 71.

Comme conclusion de ce qui précède, nous n'hésiterons pas à avancer que les changements qui aujourd'hui peuvent être devenus nécessaires dans l'organisation de la fortification, doivent être faits dans un esprit tout contraire à celui qui a présidé aux nouvelles dispositions. Un coup d'œil jeté sur la marche des attaques depuis l'invention de la poudre jusqu'à l'époque actuelle, le démontre jusqu'à l'évidence. Dès que l'assiégeant fait usage du canon, il faut que le défenseur remplace les parapets en pierre par des parapets en terre ; lorsque ensuite le matériel de l'artillerie se perfectionne, il ne suffit pas d'avoir adopté des parapets en terre, il faut que les maçonneries qui les supportent soient elles-mêmes couvertes par des terrassements. Maintenant qu'un nouveau progrès de l'attaque, le tir à ricochet, vient enlever à ces masses couvrantes une partie de leurs propriétés, comment peut y répondre la défense ? Évidemment ce n'est, sous le rapport de la conservation des maçonneries, qu'en renforçant les murailles ou en rapprochant d'elles les terrassements qui les couvrent. Vouloir au moment où l'artillerie se perfectionne, où le tir presque horizontal des projectiles de gros calibre prend de plus en plus de développement, vouloir affaiblir les escarpes, les percer de créneaux pratiqués dans des murs peu épais, et enfin éloigner démesurément les terrassements qui les couvrent, ce n'est pas, à coup sûr, répondre à un progrès : c'est, au contraire, suivre une marche rétrograde.

de l'assiégeant, et le matériel n'a pas moins à en souffrir. Si, comme nous le prétendons, les caponnières et les escarpes casematées restent intactes jusqu'à ce que l'assiégeant puisse faire jouer ses contre-batteries et ses batteries de brèche, qui ne pourront d'ailleurs s'attaquer, avec quelque succès, qu'aux saillants de l'enceinte et aux flancs des caponnières, on conviendra que le danger n'est pas aussi grand que M. Mangin veut bien le dire, et nous ne voyons même pas quels éclats pourraient atteindre les défenseurs jusqu'à la ruine même des casemates, ruine dont il sera toujours facile de prévoir le moment et d'éviter les effets.

M. Mangin, après avoir attaqué les idées nouvelles et préconisé les anciennes, veut bien convenir que la défense a beaucoup de progrès à faire en présence du perfectionnement dans la justesse et la puissance de l'artillerie, en présence surtout des effets destructeurs du tir à ricochet. On dit qu'une question bien posée est une question résolue ; il faut donc admettre que la question qui s'agite n'a jamais été bien posée, puisque, malgré le mérite incontestable du corps du génie militaire, l'art n'a fait aucun progrès notable depuis Vauban, à moins d'appeler progrès notable quelques améliorations de détails. M. Mangin pose-t-il mieux la question à son tour ? Nous ne le pensons pas. A propos de ricochet, il se borne à dire que *sous le rapport de la conservation des maçonneries, il faut renforcer les murailles et en rapprocher les masses couvrantes*. Ne croirait-on pas qu'il s'agit du tir direct et non du tir à ricochet ? Eh mon Dieu ! les maçonneries sont déjà assez épaisses, elles coûtent assez cher pour disparaître en quelques heures sous les coups des batteries de brèche. On les augmenterait encore qu'on aurait plus de dépense sans meilleur résultat ; et, en présence de l'impossibilité d'empêcher la destruction des escarpes, peut-être a-t-on sagement fait d'en réduire l'épaisseur. Ce qui importe avant tout, c'est de soustraire aux coups du ricochet les défenseurs et les pièces sur lesquelles repose la défense, et c'est précisé-

Attaque d'une enceinte pourvue de retranchements intérieurs.

Pages 73, 74, 75 *et* 76.

Le soir du même jour ou le lendemain au plus tard, la brèche sera praticable, et on donnera l'assaut à la fois à la demi-lune et au corps de place. Nous avons déjà vu combien cette opération était peu périlleuse, par suite de la destruction prématurée de tous les flancs casematés. Ici, toutefois, l'existence d'un retranchement intérieur pourrait, si la fortification était bien organisée, obliger l'ennemi à se loger avec quelques précautions sur les brèches du corps de place et de la demi-lune, (à cheminer même sur leurs terrepleins et à établir les communications indispensables pour y arriver à couvert. Dans la fortification nouvelle rien de semblable ne sera nécessaire. En même temps qu'on donnera l'assaut à l'enceinte et à la demi-lune on dirigera sur la caponnière centrale un détachement qui, longeant le pied de l'escarpe pour éviter les feux des créneaux, arrivera à sa destination sans avoir un seul coup de fusil à essuyer. Là, au moyen d'outils et de sacs à poudre dont on aura eu soin de le munir, il tentera de faire sauter la porte de la courtine et de pénétrer dans la place ; s'il y réussit, le retranchement sera tourné, et toute la défense tombera immédiatement. S'il en est autrement, il s'établira sous les voûtes de la caponnière, coupera toute communication entre l'enceinte et ses dehors, menaçant d'attaquer la demi-lune par la gorge au moment où elle est assaillie de front par des forces supérieures. Les défenseurs de cet ouvrage, pris alors entre deux feux et isolés de la place, ne pourront faire aucune résistance sérieuse ; ils seront donc forcés de l'abandonner presque immédiatement, sans conserver d'ailleurs le moindre

ment ce que l'on a tenté dans le système polygonal par la suppression des flancs des bastions et l'adoption des casemates, dont on a peut-être un peu abusé.

Attaque d'une enceinte pourvue de retranchements intérieurs.

Nous avons cité textuellement ce long passage parce que, nous le disons à regret, il nous paraît fantastique.

En effet, nous avons déjà démontré qu'il sera à peu près impossible de donner l'assaut en même temps au corps de place et à la demi-lune; mais accordons le contraire. M. Mangin nous a appris lui-même qu'au moment de cet assaut, on a fait brèche à la demi-lune et aux saillants du polygone, qu'on a ruiné les flancs des caponnières et des réduits de places d'armes, voilà tout. Ici M. Mangin veut bien nous dire qu'un détachement, se glissant le long de l'escarpe, ira se loger dans la caponnière. Eh quoi! on fera un pareil mouvement sous le feu de gorge des réduits et sous celui de la caponnière, dont les faces sont entières, et qui sera certainement occupée? Et ce détachement de l'assiégeant arrivera à cet ouvrage sans avoir essuyé un seul coup de fusil, lorsqu'au contraire il se trouvera en prise, à bout portant, aux feux de l'escarpe voisine qui est restée intacte (surtout s'il s'agit d'une escarpe casematée). C'est à ne pas y croire!

Ce détachement de l'assiégeant, dit encore M. Mangin, tentera de faire sauter la porte de la courtine, et s'il réussit, le retranchement sera tourné. Non, ce détachement ne tentera pas une pareille témérité, et s'il réussissait à faire sauter la porte et s'il osait pénétrer dans la poterne, il ne tarderait pas à être pris entre deux feux, à y périr ou à y mettre bas les armes. Il résulte de là que l'attaque de la demi-lune par sa gorge n'est qu'une supposition gratuite. M. Mangin a prétendu ailleurs que l'assiégé ne pourrait se

espoir d'y rentrer ; car l'occupation de la caponnière rendra impossible tout retour offensif de leur part. De son côté l'assiégeant, sûr que cette demi-lune ne sera pas reprise par l'ennemi, se dispensera de s'y loger, et rentrant dans le fossé, ira se grouper tout près de la brèche, sous les voûtes du réduit et de la traverse, ou dans les angles morts qui entourent ces ouvrages.

Quant au logement à faire sur le corps de place, on l'exécutera avec la plus grande facilité. La caponnière centrale étant démolie, ou déjà occupée par les troupes de l'assiégeant, la demi-lune elle-même se trouvant envahie ou abandonnée et ne pouvant d'ailleurs fournir que des feux trop obliques sur la partie adjacente de l'enceinte, la colonne d'attaque dirigée sur ce point n'aura absolument aucuns feux de flanc à essuyer pour arriver jusqu'au sommet des brèches. Si l'ennemi veut les défendre de pied ferme, ce sera une action de guerre ordinaire, dans laquelle l'avantage doit rester au plus fort, puisque les défenses latérales n'existent plus. Si au contraire l'assiégé ne soutient pas l'assaut et veut seulement contrarier par des chicanes les travaux de l'assiégeant, alors de petits détachements iront le chasser à la manière ordinaire.

Dans les deux cas, les troupes de l'attaque, après avoir forcé l'ennemi à se retirer dans son retranchement, s'établiront vers le haut de la brèche et s'étendront dans les chemins de ronde, ou sur les bermes du corps de place, le long des talus extérieurs ; elles y creuseront un logement sans pouvoir être inquiétées en rien, car ces talus ne sont vus de nulle part, on peut donc les couronner et y travailler jour et nuit, en toute sécurité ; c'est une conséquence forcée de la disposition radicalement vicieuse, qui expose les parties flanquantes du corps de place à tomber avant celles qu'elles doivent défendre. Le même défaut aura en outre pour résultat de rendre l'assiégeant entièrement maître de tous les fossés de l'enceinte, et sous ce rapport, il mérite d'être remarqué particulièrement ; d'une part, en effet, on supprime les murs terrassés parce que leur chute entraîne

maintenir dans les caponnières, au milieu des décombres, après la ruine de leurs flancs, et il affirme maintenant qu'un simple détachement s'y établira sous les feux de l'escarpe et sans avoir à redouter les retours offensifs. Non, ce détachement ne pourra se maintenir et ne pourra opposer qu'une faible résistance à un retour offensif tenté par la poterne.

Nous n'admettons pas que la colonne d'assaut pourra se répandre librement sur les talus, vu l'absence des feux de flanc, car il aura suffi de quelques mouvements de terre pour se procurer des flanquements efficaces sur ces lignes. Nous convenons qu'une défense de la brèche faite pied à pied ou par des chicanes se passera comme à l'ordinaire, sauf toutefois la difficulté de franchir une brèche obstruée de matériaux, difficulté que nous avons déjà mentionnée à propos du siége de Rome; mais nous soutenons que l'établissement au haut de la brèche, en présence des feux casematés et multipliés du retranchement intérieur, présentera des difficultés telles qu'il est impossible d'en préciser ou d'en prévoir le terme; nous soutenons que, vu la grande élévation de ces retranchements, tous les travaux de l'assiégeant, même sur les talus extérieurs, seront en prise à leurs coups plongeants et rapprochés; nous disons plus : le retranchement intérieur, fût-il tourné, ne tomberait pas comme le dit M. Mangin et comme cela a lieu pour les retranchements ordinaires, car il n'est pas plus accessible par l'intérieur que par l'extérieur, et il présente partout les mêmes feux. M. Mangin traite beaucoup trop légèrement ces retranchements, dont Choumara a tant recommandé l'emploi.

A l'axiome que M. Mangin rappelle une seconde fois, nous répondrons encore que l'expérience a démontré le néant des plus fortes escarpes, dont la destruction rapide entraîne celle des masses inertes, et que dès lors il paraît rationnel d'employer les sommes énormes qu'elles exigent à multiplier les obstacles et à se créer des abris, dont le système bastionné est resté tout à fait dépourvu jusqu'à ce jour.

celle des parapets, et de l'autre on ne donne pas à ces parapets qu'on conserve avec tant de soins, un tracé convenable pour leur flanquement réciproque ; de sorte que, après la chute des murailles, ils perdent presque toutes leurs propriétés défensives. Les principes à cet égard ne sont cependant pas nouveaux ; dès l'instant où l'attaque a fait usage du canon, il a fallu nécessairement admettre comme axiome que la défense aurait pour base désormais, non les éléments qui ne résistent pas au boulet, mais les grandes masses inertes de la fortification, les seules sur la conservation desquelles on puisse compter.

Pages 76 (suite), 77 *et* 78.

Construction facile des batteries de brèche dirigées contre le retranchement intérieur.

Moyen d'ouvrir le corps de place en plusieurs endroits par la mine et de tourner le retranchement.

Nous avons montré les difficultés de gravir la brèche et les difficultés bien plus grandes de s'y établir.

Quant à faire sauter par la mine des portions du corps de place, si cela est si facile, nous ne voyons pas pourquoi on n'en use pas plus souvent au lieu de livrer des assauts meurtriers. De plus il suffirait, pour rendre cette opération impossible, d'établir un petit réduit à l'arrondissement de la contrescarpe des saillants.

Attaque d'une enceinte redoublée par des contre-gardes.

Dans tout ce qui est relatif à l'attaque d'une enceinte redoublée par des contre-gardes, comme celle de Coblentz, M. Mangin, tout en se montrant forcément plus réservé, renouvelle ses critiques portant, comme toujours et principalement, sur l'absence de contrescarpes et de chemins couverts. Pour ne pas nous répéter, nous nous bornerons au petit nombre d'observations suivantes :

1° Il serait facile de faire disparaître les défauts qu'on reproche avec juste raison aux petits réduits placés au saillant de la contrescarpe des contre-gardes;

2° S'il est vrai que le chemin couvert favorise les sorties, tant qu'il est libre, que deviennent ces sorties et surtout leur retraite dans le système bastionné quand l'assiégé a perdu les chemins couverts?

3° Non, les batteries de la 2e parallèle ne ruineront ni totalement, ni même en partie les escarpes casematées du corps de place et des caponnières ; et dans ce cas nous pouvons demander si, sous le feu de ces caponnières, il sera facile d'établir des batteries de brèche sur les terre-pleins des demi-lunes et des contre-gardes, ce que l'on peut faire dans le système bastionné, parce que, à ce moment, tous les feux de l'artillerie de la place sont déjà éteints ;

4° Alors même que l'on ferait brèche au corps de place, à droite et à gauche des caponnières, cela ne ferait pas tomber les retranchements intérieurs qui sont de véritables citadelles hérissées de canons et de mousqueterie.

Fortification bastionnée avec escarpes détachées (construite à Vérone par les Autrichiens).

Nous partageons complétement les idées de M. Mangin, sauf en ce qui concerne la destruction des escarpes à l'aide des batteries de la 2e parallèle et l'application aux escarpes de 3 mètres d'épaisseur des expériences faites en Angleterre contre un mur beaucoup plus mince et placé dans de mauvaises conditions. Du reste, comme M. Mangin le dit lui-même, il est plus que probable que l'enceinte de Vérone n'est qu'une enceinte de sûreté et que la défense sérieuse repose sur des forts détachés.

Forts détachés.

Pages 105, 105 *et* 107.
Forts détachés aux environs des places.
Grands camps retranchés.
Organisation générale des forts du nouveau système.

Page 108.
Les traverses établies sur le rempart fourniront des abris commodes, mais coûteux, et ne paraissent pas devoir ralentir beaucoup la marche des attaques.

Pages 110, 111 *et* 112.
On abordera donc les nouveaux forts à peu près comme on abordait les lunettes de l'ancienne fortification, et l'attaque marchera de la même manière jusqu'au couronnement du glacis ; mais à partir de ce point, elle aura devant elle des feux casematés et un chemin couvert dont il est nécessaire de discuter la valeur et l'influence avant de passer aux opérations ultérieures.

En ce qui concerne le chemin couvert, il est évident que, dépourvu de traverses et de places d'armes rentrantes, battu dans toute sa longueur et abandonné sans retour par l'as-

Forts détachés.

Ces passages de l'ouvrage ne constituent qu'une description à laquelle nous n'avons rien à changer. Seulement M. Mangin aurait bien dû nous dire si ces forts se flanquent ou se prêtent un mutuel appui ou s'ils le tirent du corps de place ; car dans ce cas, l'argumentation qui suit aurait beaucoup à se modifier.

Tout en reconnaissant les avantages incontestables de ces traverses, M. Mangin critique leurs embrasures en maçonnerie débouchant dans le talus extérieur et en conclut que ces traverses ne rendront pas de grands services, si on les regarde comme destinées particulièrement au tir de l'artillerie; ce reproche n'est fondé qu'en apparence, car, pour faire disparaître le défaut signalé, il suffira de recouvrir les joues des embrasures par un revêtement en bois ou en terre de quelque épaisseur, et dès lors ces traverses auront une triple utilité.

Nous reconnaissons qu'on a eu tort de ne pas pourvoir le chemin couvert de quelques traverses et de places d'armes rentrantes ; nous croyons même qu'on aurait pu donner aux crêtes une direction plus avantageuse, mais tout cela ne peut-il pas être modifié sans rien enlever au caractère de la fortification dont M. Mangin fait la critique?

M. Mangin nous dit que le parapet supérieur est destiné à la mousqueterie seulement ; nous en doutons : quoi qu'il en soit, le terre-plein est assez large pour recevoir du canon

siégé dès que l'ennemi en a commencé le couronnement, il n'opposera à la marche de l'attaque aucune difficulté nouvelle : il n'y a donc pas lieu de s'en préoccuper.

Quant aux feux casematés, nous aurions à répéter à leur égard ce que nous avons dit des caponnières du corps de place. Situés à un niveau beaucoup trop bas, ils ne peuvent gêner l'établissement de la gabionnade du couronnement : ils seront moins nombreux que ceux des contre-batteries qu'on pourrait au besoin leur opposer : enfin les casemates qui les fournissent se trouvent éloignées (*Fig.* 23 *et* 24) de 80 mètres du glacis qui les couvre et sont exposées à être détruites par le tir à ricochet des premières batteries de l'attaque. On ne peut donc voir là encore aucun obstacle sérieux à la marche des travaux et à la construction des batteries sur la crête du chemin couvert. Il est à remarquer d'ailleurs, qu'en établissant les batteries dont il s'agit vers les angles d'épaule de la caponnière du saillant (*Fig.* 24), elles prendront de biais l'ouverture extérieure de ces embrasures, et détruiront le mur dans lequel elles sont percées, sans que l'artillerie des casemates puisse répondre à leur feu, à cause de la trop grande obliquité qu'il faudrait donner à son tir. La tête et les joues de la caponnière seront donc bientôt ruinées, ainsi que la galerie crénelée qui les flanque de chaque côté, et comme tous ces espaces casematés communiquent par de larges poternes avec l'intérieur du fort, la sûreté de l'ouvrage se trouvera immédiatement compromise.

Dans tous les cas les faces seront, dès ce moment, mises en brèche et dépourvues de flanquement dans toute leur étendue.

Nous avons déjà fait ressortir pour le corps de place, les conséquences d'un pareil état des choses : elles sont les mêmes ici et se reproduisent inévitablement dans tout ouvrage qui tire sa défense de lui-même. Dès que les flanquements sont détruits l'assiégeant peut se borner à renverser la contrescarpe par quelques fourneaux de mine, sans construire ni descente ni passage de fossé réguliers ; il

et on y en placera sûrement, et dans ce cas, nous demandons à M. Mangin comment il établirait ses contre-batteries sous le feu plongeant de ce réduit?

D'un autre côté M. Mangin, dans son dessin, donne aux crochets du chemin couvert la direction qui lui est la plus avantageuse : son tracé est-il conforme à ce qui existe? Et d'ailleurs ne suffit-il pas d'un travail de quelques heures pour le changer et annuler tout le parti qu'il tire de cette disposition?

Comme toujours nous nions l'effet du tir à ricochet des batteries de la deuxième parallèle.

M. Mangin place ses contre-batteries vis-à-vis l'angle d'épaule de la caponnière du saillant, et il en conclut qu'elles n'auront rien à craindre du tir par trop oblique des embrasures. Cela est vrai pour les longues faces de cette caponnière, mais les contre-batteries seront en prise, à petite portée, aux feux plongeants du réduit, aux feux casematés des petites faces de la caponnière du saillant, à ceux des faces de l'ouvrage, et elles seront prises d'écharpe par les feux casematés des caponnières latérales qui sont intactes, et qui empêcheront l'assiégeant de se répandre partout dans le fossé, comme M. Mangin le dit plus bas. Si on veut détruire les caponnières latérales, on sera obligé d'établir des batteries de brèche près de la deuxième branche du chemin couvert où elles seront en butte aux feux directs de l'ouvrage et aux coups d'écharpe des longues faces de la caponnière du saillant. On voit déjà que les choses ne se passeront pas comme veut bien le dire M. Mangin.

Il parle, comme toujours, de tout faire sauter par la mine; mais les effets de la mine ne seront pas ici les mêmes que dans les ouvrages revêtus, dans lesquels la chute d'une portion de revêtement produit inévitablement une brèche praticable; on obtiendra tout au plus des monceaux de blocs de maçonnerie qui formeront encore un obstacle réel qu'il faudra bien surmonter si l'on veut s'emparer du réduit défendu par un triple rang de feux dont deux auront une action terrible dès ce moment.

trouve dans ces fossés non flanqués, un vaste emplacement pour les réserves destinées à soutenir les colonnes d'assaut ou à assurer la possession des brèches ; il peut attacher partout le mineur à l'escarpe pour pénétrer par plusieurs points à la fois si, contre toute attente, il trouve trop difficile de déboucher par une seule brèche sous le feu d'un réduit chargé d'artillerie ; enfin il peut encore travailler sans obstacle à l'établissement de quelques gros fourneaux de mine qui, faisant sauter les terrassements supérieurs, découvriront le réduit central aux vues des batteries établies sur la crête du glacis et abrégeront singulièrement les derniers travaux.

Page 113.

Circonstances où l'emploi des nouveaux forts peut être avantageux.

Réduits circulaires.

Pages 116, 117 *et* 118.

Au point où l'attaque est parvenue, sa première opération (de l'assiégeant) consistera à prendre pied dans l'intérieur du fort, c'est-à-dire à établir un bon logement au sommet de la brèche. Or, de quelque manière qu'on l'envisage, cette opération présente ici moins de dangers que lorsqu'on l'exécute au saillant d'une demi-lune bien flanquée sous les feux nombreux d'une courtine non ricochée. Nous avons déjà vu, en effet, que la destruction du flan-

Nous sommes heureux d'avoir cette fois pour nous l'avis des juges compétents dont M. Mangin parle dans ce passage.

Il est évident, en effet, qu'il existe des sites où de pareils forts peuvent avoir une valeur propre très-grande, comme lorsque le terrain ne permet pas de développer des fronts bastionnés d'un bon flanquement. Il est encore évident que ces forts sont bien préférables aux tours modèles de l'Empire dont nous avons vu le triste emploi aux environs de Boulogne-sur-Mer.

Réduits circulaires.

Dans toute son argumentation, M. Mangin suppose que l'assiégeant a ouvert une brèche praticable sur les faces de l'ouvrage, ce qui exige, quoiqu'il n'en dise rien, que l'assiégeant établisse des batteries de brèche dans ce but. Nous admettrons aussi qu'à l'aide de batteries spéciales il a détruit les caponnières latérales et ruiné les casemates des faces du tiers de l'ouvrage, car sans cela, comment M. Mangin pourrait-il dire que l'assiégeant a la faculté de réunir

quement permet à l'assiégeant de réunir ses troupes dans le fossé et d'y laisser de fortes réserves, prêtes à soutenir les colonnes d'assaut lorsqu'elles sont engagées dans l'intérieur de l'ouvrage et occupées à refouler l'ennemi dans son réduit; l'attaque sera donc plus facile et mieux appuyée que dans les circonstances ordinaires. Quant aux travaux nécessaires pour se loger dans l'ouvrage, ils seront également d'une exécution beaucoup moins périlleuse, parce qu'ici on pourra s'établir vers la partie supérieure de la brèche, sans se découvrir entièrement aux vues du réduit, tandis que dans les ouvrages flanqués, la rampe de cette brèche étant vue de revers par les faces collatérales, il faut de toute nécessité se loger à découvert dans l'intérieur du fort et construire en outre une bonne communication pour y arriver. Enfin les travailleurs pourront encore se glisser à droite et à gauche de la brèche, le long des talus extérieurs et, en quelques coups de pioche, s'y creuser, vers la partie supérieure, un logement dont les terres rejetées sur la plongée, formeront bientôt un parapet contre l'ennemi. La tour centrale se trouvera alors entourée d'une espèce de parallèle à la construction de laquelle elle n'aura pu apporter aucun obstacle. Dans le fort dont nous nous occupons, en se bornant à se loger sur les faces, cette parallèle aurait 100^{m} de développement et pourrait à la rigueur recevoir 20 pièces d'artillerie, tandis que la tour ne peut lui en opposer que dix. La construction des batteries ne souffrirait d'ailleurs que les difficultés ordinaires, surtout en élargissant partout les tranchées, de manière à dérober à l'ennemi la connaissance des points où l'on veut ouvrir les embrasures.

Ainsi donc, etc., etc.

Pages **118** *et* **119.**

Grands avantages que l'assiégeant peut tirer du chemin de ronde pour se loger sur les ouvrages.

de fortes réserves dans les fossés alors que ces réserves seraient en prise aux feux de l'escarpe et aux retours offensifs des caponnières latérales ?

Nous répéterons encore que l'établissement de l'assiégeant au sommet de la brèche, sans parler de nouveau des obstacles matériels (décombres) qu'il aura à surmonter, sera une opération horriblement difficile, sinon impossible, sous les feux plongeants de la plate-forme du réduit dont M. Mangin persiste à ne tenir aucun compte ; que par le même motif, ce ne sera pas 10 *pièces* mais bien 20 que le réduit pourra opposer aux 20 pièces problématiques de l'assiégeant.

Nous dirons encore que cette parallèle de 100^m de développement sera un danger permanent pour l'assiégeant pouvant être surpris à chaque instant, de front par les défenseurs du réduit, et de flanc par ceux placés dans les traverses casematées. Si dans une pareille attaque, l'assiégeant était refoulé dans les monceaux de maçonnerie, peut-on dire quel en serait le résultat ? Cependant une telle attaque est probable et un ennemi intelligent ne manquera pas de la tenter.

M. Mangin prétend à tort qu'il est bien plus difficile de s'établir sur la brèche d'une demi-lune, parce que, à ce moment du siége, la demi-lune n'est plus flanquée que par la mousqueterie, et qu'il arrive souvent que la courtine correspondante a pu être ricochée, parce qu'enfin le réduit même de demi-lune est impuissant.

M. Mangin, qui parle si souvent de l'emploi de la mine, s'est-il rendu compte de ce qui arriverait si l'assiégé employait des moyens semblables contre les établissements aventurés de l'assiégeant ?

Dans ce passage M. Mangin parle de battre en brèche le réduit central à 350 mètres, d'opposer 100 pièces aux 50 du réduit circulaire et de terminer en 36 heures les batteries de brèche. Nous doutons fort de l'effet des batteries de

Page 120.

Les batteries de l'attaque se trouvant ainsi établies sur les terrassements du fort, il leur suffira de quelques heures de tir pour détruire les murs de masque qui ferment les casemates de la tour centrale, et pour y ouvrir de grandes trouées par lesquelles les boulets pénétrant dans les chambres en maçonnerie ne permettront pas à un seul défenseur d'y rester; et comme il n'existe d'ailleurs aucun flanquement qui défende les approches de l'ouvrage, il est évident que toute résistance ultérieure deviendra impossible. On ne peut donc, malgré l'apparence formidable de ces réduits casematés, admettre que leur résistance se prolonge plus de 48 heures, après que l'on aura donné l'assaut à l'ouvrage principal qui les enveloppe.

Pages 120 (*suite*), 121 *et* 122.

Attaque d'un fort angulaire faisant partie d'une ligne d'ouvrages qui se défendent réciproquement.

brèche à cette distance, et on ne mettra pas en batterie en 36 heures 100 pièces qu'il faudra hisser sur les parapets. Que serions-nous devenus à Constantine en 1837 s'il avait fallu mettre en batterie 100 pièces de siége?

En supposant que l'assiégeant détruise en 48 heures les casemates supérieures qui entraîneront avec elles la plate-forme, pourquoi l'assiégé ne pourrait-il pas faire ce que M. Mangin trouve si facile pour l'assiégeant? Pourquoi ne s'établirait-il pas au milieu des décombres pour prolonger la défense, alors surtout que les casemates inférieures sont encore intactes? Dans ce cas il faudra donc que l'assiégeant vienne couronner la contrescarpe du réduit et battre en brèche les casemates inférieures.

M. Mangin devrait dire avant tout si les forts de Cologne ne sont pas flanqués, car dans ce cas, il serait bien plus simple de les attaquer par la gorge.

L'absence d'un dessin ne permet pas de discuter convenablement ce que dit M. Mangin et qui ne contient du reste aucune critique nouvelle.

Forts circulaires.

Nous approuvons tout ce que l'on dit des tours maximiliennes ainsi que des tours employées isolément comme forts détachés aux environs des places.

RÉSUMÉ.

De l'examen auquel nous venons de nous livrer, nous croyons pouvoir conclure :

1° Que les applications faites récemment en Allemagne du système polygonal à caponnières, ne l'ont pas toujours été judicieusement, et qu'on y a mis en pratique les idées de Montalembert et de Carnot sans les améliorer et sans les dégager de ce qu'elles ont d'exagéré ou de trop exclusif.

2° Que les critiques de M. le capitaine Mangin ne sont pas généralement justifiées, et que celles en petit nombre qui le sont ne constituent que des critiques de détails qui n'infirment en rien le système polygonal proprement dit, tel que nous l'avons et tel qu'il doit être défini.

3° Que la question posée entre le système polygonal et le système bastionné ne sera résolue que tout autant que l'on comparera le système bastionné perfectionné avec le système polygonal empruntant au premier toutes les dispositions, telles que contrescarpes, chemins couverts, etc., qu'il peut s'approprier sans perdre son caractère propre.

En présence des créations menaçantes de l'Allemagne, il était sans doute éminemment utile de faire connaître la force de ces places récentes que nous sommes destinés à rencontrer dès le début d'une guerre, et d'en établir la valeur réelle aux yeux d'un grand nombre d'officiers disposés à se laisser éblouir ou étonner par ce luxe de maçonnerie et cette multiplicité de casemates inconnus jusqu'à ce jour. Mais pour obtenir simplement cet utile résultat, il fallait une discussion prudente et avant tout impartiale. Nous avons le regret de le dire, cette impartialité ne se retrouve pas dans l'ouvrage de M. le capitaine Mangin qui ne tend à rien moins qu'à déverser le mépris sur les nouvelles créations dont il s'agit. Si quelques chefs d'armée et quelques ingénieurs adoptaient sans réserve les idées de cet officier, peut-être verrait-on un jour se renouveler les désastres qui eurent lieu sous le règne de Louis XIV malgré la haute influence du maréchal de Vauban.

Le travail qui précède date de 1852, époque à laquelle, comme nous l'avons dit en commençant, nous avons visité les places de Rastadt et de Germersheim (voir la note A).

Nous avons aujourd'hui sous les yeux l'ouvrage de M. le capitaine du génie Ratheau, ayant pour titre : *Etude sur la fortification polygonale comparée à la fortification bastionnée*, mais nous n'avons jamais eu connaissance des ouvrages de M. de Zartrow, lieutenant actuel de l'armée prussienne, et de M. Muller, lieutenant d'artillerie au service de la Prusse, considérés comme des réfutations du livre de M. Mangin, et cités par M. Ratheau.

La discussion à laquelle se livre M. Ratheau est consciencieuse et impartiale ; comme nous, il fait bonne justice des exagérations de M. Mangin ; il fait ressortir les avantages de la fortification polygonale, surtout dans le cas des fossés pleins d'eau. Sans se prononcer positivement entre la fortification polygonale et la fortification bastionnée, pour laquelle cependant il ne dissimule pas ses préférences, il constate, comme nous, que les ingénieurs allemands, en s'appropriant les idées de Montalembert, sont loin de les avoir améliorées ; quant à nous, ainsi que nous le dirons dans les considérations qui suivent, nous n'hésitons pas à proclamer la supériorité du dernier système de Vauban, convenablement complété et légèrement modifié.

Tout en rendant justice aux appréciations de M. Ratheau, nous ne saurions admettre le rôle avantageux qu'il fait jouer à ses batteries dans les attaques dirigées contre le fort royal de Montalembert.

M. Ratheau choisit pour point d'attaque l'un des saillants, et il justifie fort bien ce choix; il observe encore fort judicieusement qu'il existe sur la capitale de ce saillant un vaste secteur presque à l'abri des feux des hautes batteries casematées et déterminé par deux lignes partant des extrémités le plus rapprochées de l'attaque, des flancs des deux caponnières voisines; mais il se fait une grande illusion quand il pense imposer silence aux feux de la place à l'aide de 35 pièces placées dans 5 batteries construites en avant de la première parallèle, dans le secteur dont nous venons de parler, et de 8 pièces placées dans 2 autres batteries appuyées à la même parallèle, et destinées, dit-il, à ricocher les deux cavaliers adjacents; en effet, les batteries de l'assiégeant n'auront pas seulement à lutter contre les feux des hautes batteries casematées des caponnières et des casernes des saillants, elles seront battues par toutes les pièces du couvre-face général, des places d'armes rentrantes, des galeries casematées en avant des caponnières et des deux cavaliers adjacents, car ce n'est pas sérieusement sans doute que M. Ratheau nous dit que puisqu'on admet en thèse générale, que les feux découverts n'ont besoin d'être contre-battus qu'après la construction de la deuxième parallèle, il aurait pu les négliger jusqu'à cette époque, ce qu'il fait en réalité; d'ailleurs les deux batteries extrêmes ne ricocheront que très-imparfaitement les deux cavaliers, vu la hauteur des saillants et des casernes qui les couvrent et seront elles-mêmes contre-battues avec avantage par les flancs casematés de ces mêmes cavaliers et par les places d'armes rentrantes; enfin rien n'empêcherait l'assiégé d'établir des batteries blindées sur ses cavaliers.

M. Ratheau nous paraît encore exagérer grandement l'action de certaines dispositions dans la dernière période du siége après le couronnement du chemin couvert du couvre-face général.

Il reconnaît que les moyens d'attaque ordinaires seraient impuissants en présence des feux casematés et des feux à découvert que présente à ce moment le système polygonal, et qu'en présence de ce nouveau système de défense il faut un nouveau système d'attaque, et il n'évalue pas à moins de 150 bouches à feu l'artillerie dont peut alors disposer l'assiégé. Ce nouveau système d'attaque, il le fait résider tout entier dans la construction de deux batteries de 10 pièces établies aux saillants des chemins couverts des deux places d'armes rentrantes du saillant attaqué. Les crêtes de ces batteries sont taillées en crémaillères, de manière à pouvoir battre les flancs des caponnières et les grands flancs casematés à travers une coupure faite dans le rentrant du couvre-face général, laquelle proviendra de l'explosion de quelques fourneaux ; il estime que la construction des batteries et des fourneaux n'est point une opération difficile, puisqu'elle se fait à couvert des feux directs de l'assiégé ; il ajoute : la position de ces batteries les met à l'abri des coups trop obliques des faces qu'elles doivent détruire, et elles n'ont à redouter que les pièces de l'extrémité de l'escarpe casematée en outre des feux découverts des cavaliers qui, tourmentés par les feux courbes, sont peu à craindre. Cela ne nous paraît pas admissible ; les batteries et les fourneaux doivent être établis à découvert, à bonne portée de tous les feux de la place et des feux courbes des faces des caponnières. — Les axes des embrasures étant parallèles à la capitale de la place d'armes rentrante, ces batteries battent elles-mêmes beaucoup trop obliquement, — la branche de chaque batterie apposée au flanc d'une caponnière sera directement battue d'enfilade par tous les feux de l'une des faces du saillant attaqué ; — enfin les batteries destinées à ouvrir des brèches seront peut-être tout au plus suffisantes pour lutter contre les grands flancs casematés adjacents, la caserne du saillant attaqué et les feux découverts de deux cavaliers dont l'action ne saurait guère être amoindrie par les feux courbes dont parle M. Ratheau. En traitant si dédaigneusement les feux à découvert, le capitaine Ratheau a oublié sans doute que le front moderne bastionné n'en a pas d'autres.

Il nous semble résulter de ce qui précède que, dans l'appréciation du degré de résistance du fort Royal, M. Ratheau a cessé d'être impartial en s'exagérant naturellement la portée et l'importance de deux idées heureuses mises par lui en pratique dans le plan des attaques.

Du reste, la fortification polygonale actuellement pratiquée diffère essentiellement du tracé du fort Royal, et la question reste à vider entre le système polygonal et le système bastionné renforcés de tous les accessoires susceptibles de concourir efficacement à leur résistance.

CONSIDÉRATIONS

SUR LA FORTIFICATION.

Le XIXe siècle, justement appelé le siècle de la diffusion des lumières, a été marqué par de nombreuses et brillantes découvertes dues à l'initiative individuelle ; car, il faut bien le constater, quelque étrange que cela paraisse, les corps constitués, considérés comme les dépositaires de la science, placés sous l'influence de la routine ou d'une prudence timorée, ont toujours été réduits à sanctionner les résultats obtenus en dehors de leur action. Au milieu de cette diffusion que nous venons de signaler, seule en France, la science de la fortification, cette science qui intéresse au plus haut degré la nation entière, puisqu'elle a pour but d'assurer l'indépendance et la sécurité de l'Empire en donnant lieu à des dépenses considérables, est encore de nos jours une espèce de science occulte formant le domaine exclusif du comité des fortifications et des officiers du génie ces auxiliaires. Aussi, dans toutes les classes de la société et même dans l'armée on a les idées les plus fausses sur cette science restée complétement stationnaire. La science de la fortification n'est pas seulement stationnaire, elle est rétrograde. Le corps du génie français ne manque jamais l'occasion de se couvrir du grand nom de Vauban, mais hélas ! on n'a plus qu'une estime en paroles pour sa vieille et infaillible expérience. Les prétendus successeurs de Vauban ont déserté les principes posés par ce grand maître à la fin de sa carrière et y ont substitué les règles les plus puériles et les combinaisons les plus mesquines. Vainement Montalembert, Carnot et Théodore Choumara, trois hommes dont tous les auteurs étrangers citent les noms à la suite de celui de Vauban, ont protesté contre les fausses doctrines de Fourcroy et de Cormontaingne, leurs efforts se sont brisés contre la routine de l'école et nous avons abouti au *front moderne* dont tout le monde a constaté les défauts et l'impuissance contre une attaque sérieuse. Ceux qui conserveraient encore des doutes sur la décadence de la science ou de l'art de la fortification n'ont qu'à lire, pour être convaincus, l'ouvrage publié en 1861 sous le nom du général Prévost de Vernois, mort avant cette publication et dans lequel l'auteur flagelle impitoyablement toutes les erreurs que nous venons de signaler rapidement.

Nous avons dit qu'en France on n'a généralement qu'une idée fausse de la science de la fortification ; en effet, après les deux dernières invasions de la France, tout le monde, sans en excepter des officiers haut placés dans la hiérarchie militaire et connus par de brillants services, tout le monde disait ou répétait : il est démontré que les places de guerre sont inutiles et même nuisibles, puisqu'elles annihilent, sans résultat avantageux, une partie considérable de l'armée ; désormais on ne fera plus de siéges, les grandes batailles seules décideront du sort des États. Paris a été fortifié, et ce fait a suffi pour réduire à néant la première des deux assertions que nous venons d'énoncer ; et pour montrer l'absurdité de la seconde, nous n'avons qu'à rappeler les siéges entrepris par la France depuis 1815, Trocadéro, le Pirée, le fort de l'Empereur, Anvers, Saint-Jean d'Ulloa, Constantine, Rome, Zaatcha, Bomarsund, Sébastopol et Puebla. Bien plus, le règlement sur le service en campagne de 1832 portait : la fortification passagère est confiée aux officiers du corps d'état-major, les officiers du génie pourront en faire. Cette ordonnance a été modifiée par celle du 9 décembre 1840 qui dit d'un côté : les officiers d'état-major peuvent être chargés aussi de la direction des ouvrages destinés à couvrir les camps et cantonnements ; et de l'autre : le corps du génie *peut* être chargé des travaux de fortification passagère, comme si les principes de la fortification, c'est-à-dire l'art de fortifier une ville ou une position, n'étaient pas toujours les mêmes, et si la tâche de l'ingénieur militaire se réduisait à la construction des murs de revêtement. Enfin, dans un ouvrage publié après la guerre de Crimée, un officier général de la marine n'a pas craint d'affirmer que le siége de Sébastopol avait constaté la supériorité de la fortification en terre sur la fortification revêtue. Est-il besoin de discuter de pareilles absurdités ? Non, sans doute, et nous sommes de ceux qui se réjouissent de ce que la tour Malakoff n'était pas revêtue avec des escarpes de 10 mètres de hauteur et de ce que le général Totleben commit une seule faute, celle de fermer cet ouvrage à sa gorge.

En France chacun parle de positions et de routes stratégiques, et personne n'attache un sens net et précis à ces désignations. La basse Alsace est complétement découverte et cependant, pour de prétendues et insignifiantes économies, on a jeté un chemin de fer sur la rive gauche du canal de jonction entre la Marne et le Rhin, le livrant ainsi à une armée envahissante et lui enlevant toute utilité pour l'armée défensive placée forcément sur la rive droite. C'est ainsi qu'un colonel directeur des fortifications proposait de faire suivre la rive gauche du Rhin au chemin de fer destiné à relier Strasbourg aux provinces rhénanes. C'est encore ainsi que le chemin de fer de Bayonne à Toulouse, chemin dit stratégique, doit longer le pied des Pyrénées entre Pau et Lourdes, et le comité du génie, contrairement à l'avis du chef du génie de Tarbes et malgré un surcroît de parcours de 20 kilomètres, a sanctionné un pareil tracé.

De nos jours l'Europe entière s'est sillonée de chemins de fer dont on s'est empressé de proclamer l'influence sur la guerre offensive ou défensive. On s'est borné à cette généralité, et nul n'a encore précisé le rôle réel des chemins de fer comme instruments de guerre. Le comité du génie ne semble pas même s'être préoccupé de cette question.

L'électricité a fait des prodiges et l'homme s'en est rendu

maître, mais on n'a pas su encore en faire un usage sérieux dans la guerre souterraine ; pas une place nouvelle, pas un ouvrage nouveau n'est pourvu d'un système de mines défensif, et la science du mineur, restée non moins stationnaire que celle de la fortification proprement dite, se traîne dans les méthodes routinières de nos écoles régimentaires.

La vapeur, cette force infinie, si nous pouvons nous exprimer ainsi, qui a devancé l'électricité, n'a pas été mieux utilisée dans la défense des places. Qui ne devine cependant le parti qu'on pourrait en tirer dans les places, soit pour le service de l'artillerie, soit pour les inondations factices, soit enfin pour la défense des brèches ?

Les barrages mobiles ont été inventés et mis en usage avec succès ; rien de plus facile aujourd'hui que de construire des ponts à grande portée sans piles intermédiaires et pouvant facilement et rapidement se démonter. Néanmoins le génie militaire persiste dans l'usage des batardeaux en maçonnerie qui ont de graves défauts, sans parler de leur dépense de construction et d'entretien et il continue à construire entre les ouvrages de fortification, par exemple entre la courtine et la demi-lune, des ponts en maçonnerie fort dispendieux, gênant les flanquements dans la défense rapprochée, et toujours faciles à détruire par l'ennemi.

L'invention du tir à ricochet par Vauban donna à l'attaque une supériorité incontestable sur la défense en procurant à l'assiégeant le moyen de détruire de loin l'artillerie placée sur les terre-pleins des bastions et des demi-lunes ; aussi, avant la fin de sa carrière, le grand ingénieur sentit la nécessité de renoncer au front bastionné proprement dit, et d'avoir des ouvrages à casemates et il appliqua son nouveau système aux places de Landau et de Neuf-Brisach. Malgré l'exemple donné par ce grand preneur de places, notre maître à tous, le comité du génie, comme nous l'avons déjà dit, a persisté aveuglément dans les errements de Cormontaingne et a rejeté systématiquement les casemates. Les Allemands au contraire, dans les places nouvellement construites, ont repris, en les exagérant, les systèmes de Montalembert et Carnot, ils ont abusé de l'emploi des casemates sans se préoccuper suffisamment de la facilité de leur destruction par l'artillerie de l'assiégeant.

Dans ces derniers temps les armes à feu, portatives ou non, ont été grandement perfectionnées et ont acquis surtout une plus grande portée et une plus grande justesse. Dès lors on se demande avec surprise pourquoi le comité du génie s'obstine à maintenir le côté extérieur, dans la limite restreinte de 300 à 350 mètres, alors surtout que tant *d'autres* motifs sérieux commandent d'agrandir autant que possible le côté du polygone fortifié et par suite le front et la ligne de défense. Le comité du génie semble n'avoir vu dans le progrès de l'artillerie qu'un argument contre l'emploi des casemates, mais, il faut bien le reconnaître, les murailles ne résistaient pas mieux à l'ancienne artillerie qu'à la nouvelle.

Les journaux nous ont fait connaître les expériences tentées en Angleterre et en Amérique, et ce qui ressort incontestablement des comptes rendus c'est que l'on peut aujourd'hui lancer des projectiles énormes à de très-grandes distances. De là on s'est empressé de conclure qu'il n'y a plus de place de guerre capable de résister à une telle puissance de destruction. Cette conclusion n'est qu'une grossière erreur que nous devons encore combattre. Le ricochet est un véritable fléau des terre-pleins découverts et le nouveau boulet tant prôné est impropre au ricochet ; quant aux murailles pleines ou en décharge, avec ou sans casemates, comme nous l'avons dit, il suffisait de quelques heures pour les détruire avec l'ancienne artillerie, le danger est donc resté à peu près le même ; nous disons à peu près, car il faut bien reconnaître que la nouvelle artillerie pourra frapper et détruire de plus loin, mais on n'en sera pas moins obligé de rendre la brèche praticable et par suite de couronner le chemin couvert et d'établir la batterie de brèche. D'un autre côté au contraire il est évident que, si les remparts d'une place sont armés de pièces pouvant lancer d'énormes boulets tronconiques avec une grande vitesse, il n'y a pas de gabionnade capable de résister à leur choc et à leur pénétration et que les cheminements ordinaires à la sape deviendront impossibles ; nous nous croyons donc en droit de conclure, contrairement à la croyance générale, que les progrès de l'artillerie sont plus favorables à la défense qu'à l'attaque.

Pour compléter cette supériorité, il faut soustraire l'artillerie des corps de place au ricochet, c'est-à-dire avoir recours aux casemates et transporter dans la pratique le grand principe de l'indépendance des parapets proclamé par Théodore Choumara.

Mettre les embrasures des casemates à l'abri de la destruction par l'artillerie ne constitue pas un problème insoluble, et il doit être bien plus facile de cuirasser avec succès les quatre côtés d'une embrasure que les flancs d'un navire. On peut construire une embrasure avec des blocs de pierre bien plus résistants que le bois, et la pénétration d'un boulet isolé qui peut désemparer un navire, ne produirait qu'un dégât peu sensible dans le massif cuirassé d'une embrasure. Il y a déjà longtemps, le général Paixhans avait proposé de cuirasser les faces des bastions d'attaque, mais il nous paraîtrait beaucoup plus simple de former ces faces de voûtes, ou arceaux superposés, dont le vide serait rempli par un massif de corps d'arbres jointifs enfoncés dans les terres en arrière des voûtes. Un pareil revêtement ne saurait être détruit que par l'incendie. Pendant la paix les bois seraient emmagasinés.

Le principe de l'indépendance des parapets dont le comité du génie a presque contesté l'invention à Choumara, en s'appuyant sur quelques applications insignifiantes qui en ont été faites dans un autre but, par exemple, pour la rectification des flancs dans les systèmes de Deville et d'Erhard, ce principe donne les moyens, sinon d'annuler, du moins de diminuer ou de restreindre beaucoup les effets du ricochet. Il a encore un autre avantage considérable, celui de donner à l'artillerie de place la mobilité de l'artillerie de campagne et de rendre ainsi très-difficiles les cheminements de l'assiégé pris sans cesse d'enfilade ou d'écharpe. Lors du siége de Rome en 1849, les Romains nous ont montré tout le parti que l'on peut tirer de la mobilité de l'artillerie des places.

Une autre ressource pour se soustraire au ricochet se trouve dans l'usage des batteries blindées faisant fonction de traverses ; il n'existe pas une seule batterie blindée en France, mais, en revanche, nous avons pu constater en 1852 que les remparts des grandes places de Rastadt et de Germershein en sont pourvues. On ne saurait mieux faire que de construire ces batteries d'après le système de l'ingénieur hollandais Merkes, c'est-à-dire présentant une forme arrondie du côté extérieur. De nombreuses expériences ont démontré que l'on peut mettre les batteries blindées à l'abri de l'action des feux courbes, elles n'ont sérieusement à redouter que les coups d'écharpe qui en brisent les supports verticaux. Mais ces supports présenteraient une énorme résistance s'ils étaient formés par des arbres naturels, ce qui nous paraît admissible, puisque les emplacements des batteries blindées peuvent être fixés d'avance ; ce que nous proposons serait déjà réalisé si dès 1815 on avait fait des plantations dans ce but.

Tous les militaires éclairés reconnaissent aujourd'hui qu'il n'y a de vraiment utiles que les grandes places ou de dépôt capables de contenir toutes les ressources nécessaires à une nombreuse garnison, celles pouvant offrir un refuge à une armée battue ou tenant les grandes communications de terre ou d'eau et enfin les petites places ou forts commandant un passage difficile et forcé. Sans doute le comité du génie ne partage pas cette conviction générale, puisqu'il défend avec une opiniâtreté incroyable le vieux réseau de nos places frontières dont quelques-unes ne résisteraient pas à une attaque de vive force, dont quelques autres seraient ruinées dès le premier jour par l'artillerie et dont un plus grand nombre manquent des ressources nécessaires pour alimenter les garnisons ordinaires ; et chaque année une bonne partie du budget du génie, déjà si restreint, est employée à faire quelques réparations ou des améliorations inutiles à des places plus inutiles encore alors que certaines parties de nos frontières sont entièrement découvertes et que nos places les plus importantes manquent d'abris voûtés pour les hommes, pour les chevaux et pour les vivres. Espérons que la vérité triomphera de la routine, que le comité du génie sera amené à abandonner un certain nombre de places comme il a dû adoucir les rigueurs des servitudes militaires et que les sommes provenant de la vente des terrains seront utilement employées à compléter notre nouveau système de défense. Nous venons d'écrire le mot frontière, hélas ! il faut bien l'avouer, dans cette école d'application de Metz, destinée à former des officiers d'artillerie et du génie, on n'enseigne rien touchant les frontières de la France et la plupart des officiers du génie arrivent à la fin de leur carrière sans avoir lu Vauban et sans avoir une idée nette et complète de la défense de l'empire par ses positions fortifiées. Les bibliothèques des chefferies sont presque toutes dépourvues des œuvres de Vauban comme de celles de Montalembert, de Carnot, etc.; il n'existe pas de travail écrit sur le rôle de nos places frontières, nous le croyons du moins; mais, s'il en existe, on se garde bien de le communiquer aux officiers destinés à diriger la défense, comme si les officiers du génie étaient indignes d'une telle confiance, comme si les étrangers ne connaissaient pas parfaitement ce que le comité cache avec tant de soin !

Les officiers étrangers ont toute facilité pour voyager hors de leurs pays, y étudier tout ce qui intéresse l'art militaire, et quelques-uns d'entre eux sont même chargés d'examiner et d'acheter tous les ouvrages militaires recommandés par leur mérite. En France, rien de pareil, et il n'y a pas encore longtemps, un officier du génie ne pouvait visiter qu'à ses frais les places de la direction dans laquelle il était employé. Depuis l'Empire on a créé, dans les ambassades, des attachés militaires, mais on a eu le soin intelligent de ne pas nommer un seul officier du génie.

Qu'on s'étonne après cela si, au moment d'agir, nous

étions si peu renseignés sur les défenses de Rome et de Sébastopol.

Sous une initiative intelligente et dans un but éminemment utile, on avait créé le *Mémorial de l'officier du génie ;* cette publication se meurt par suite du peu d'encouragements accordés par le comité aux travaux de l'esprit ; du reste, le *Mémorial* ne pouvait être d'aucun secours dans l'étude de la fortification puisque, d'après les prescriptions du comité, il était défendu d'insérer les études relatives à la fortification, destinées simplement à être déposées aux archives du comité, en sorte que les officiers employés à Paris pouvaient seuls en prendre connaissance et que chaque officier restait parfaitement ignorant de tous les efforts tentés ou de toutes les améliorations obtenues dans son corps. Ce que nous venons de dire est si monstrueux qu'on n'y verrait que des erreurs ou des calomnies si nous ne pouvions en appeler au témoignage de tous nos anciens camarades.

Personne n'ignore que l'exécution des tranchées qui constituent les cheminements de l'assiégeant vers la place devient très-lente et très-difficile dans les terrains plantés et dans les terrains pierreux et que les parapets formés des déblais présentent, dans ce cas, de graves dangers pour les hommes qu'ils abritent à cause des éclats qu'en détachent les projectiles. Eh bien ! le comité du génie a fait planter quelques glacis et l'essai n'a pas été poussé plus loin, on n'a pas fait davantage des sous-sols en pierre aux glacis des fronts d'attaque de nos principales places, on a sans doute reculé devant une dépense non indispensable alors que chaque année, dans les places les plus misérables, on consacre des sommes importantes dans leur ensemble pour réaliser des améliorations puériles sans aucun avantage pratique et ne pouvant donner que la satisfaction d'un problème de géométrie résolu.

Certes il importe beaucoup de défiler les ouvrages de fortification constituant une place, et l'on peut dire que le problème du défilement est complétement résolu en principe, puisqu'il se réduit à une série d'opérations de géométrie descriptive et que toute la difficulté consiste à en faire le meilleur emploi, sans tomber dans des reliefs excessifs et sans trop diminuer la capacité des ouvrages; malheureusement on a abusé de la géométrie, et très-souvent pour obtenir un défilement théorique et complet, sans importance aucune pour la défense, on a sacrifié des qualités autrement essentielles de la fortification; ici encore les ingénieurs doivent se défier de l'esprit de l'école.

Dans le cours de fortification qui fait la base de l'instruction de l'école de Metz, on attache une importance exagérée au commandement, non s'il s'agit du commandement soumettant un ouvrage aux feux de l'ouvrage en arrière, mais bien celui qui permettrait les feux simultanés de tous les ouvrages d'un même front; cette simultanéité ne peut évidemment s'exercer, avec quelque sécurité pour les défenseurs, que lorsqu'il s'agit de la défense éloignée.

Il en est de même des inondations auxquelles on attache une importance défensive très-exagérée; les inondations un peu considérables ne peuvent que bien rarement être complétement tendues et, en dehors de quelques cas exceptionnels justifiés par la nature des terrains à inonder ou des facilités que présente l'opération, le gouverneur d'une place assiégée ne se décidera le plus souvent que trop tard à faire tendre une inondation destructive d'une foule de propriétés privées.

Une des conditions essentielles de toute fortification est de permettre une défense éloignée aussi active que possible, ce qui implique nécessairement des communications faciles et rapides. Il résulte de là que toutes les fois que l'eau doit jouer le rôle d'obstacle matériel, il faut maintenir secs les fossés du corps de place et jeter les eaux dans les fossés des ouvrages avancés, sauf à les déverser dans les premiers au moment de la défense rapprochée; cependant, par une contradiction incroyable, c'est exactement le contraire que l'on enseigne et que l'on pratique.

Enfin, avant tout, une place doit être à l'abri d'une surprise par escalade et si cette vérité pouvait être contestée, les faits historiques viendraient en foule la proclamer. Pour obtenir ce résultat capital, le grand Vauban donnait 12m de hauteur à ses escarpes, l'école de Cormontaingne a réduit cette hauteur à 10m et, suivant nous, c'est une grande faute; des murailles de 11m et même 11m50 de hauteur ne sont pas matériellement à l'abri de l'escalade, et cela résulte même des expériences faites par le général Haxo sur des murailles de 10m de hauteur, avant le siége d'Anvers. Mais pour éviter les dépenses énormes qu'exigent des revêtements de 12m de hauteur, il convient d'adopter des escarpes mixtes, c'est-à-dire des escarpes de 10m de hauteur avec chemin de ronde et présentant 6m de revêtement à partir du fond du fossé. Une telle enceinte est évidemment à l'abri de l'escalade, car l'assiégeant parvenu au haut du mur devrait franchir 4m de hauteur pour arriver, sans aucun espoir de retraite, dans le chemin de ronde où il serait pris d'écharpe par les feux des flancs retirés des tours ou des bastions collatéraux. Ce revêtement a, d'ailleurs, d'autres avantages; il donne une double rangée de feux, il permet d'atteindre l'assiégeant dans le fossé ou dans ses travaux de couronnement de chemin couvert. On dira sans doute que l'artillerie de l'assiégeant aura bientôt détruit les 4m d'escarpe détachée, mais le parapet en arrière restera intact, et l'expérience a prouvé que, dans ce cas, les débris du mur tombent en arrière dans le chemin de ronde et ne concourent nullement à faire une rampe de brèche. L'assiégeant devra donc, comme à l'ordinaire, construire sa batterie de brèche et ruiner les 6m de revêtement; mais ce résultat obtenu, la brèche ne sera praticable que tout autant que l'assiégeant fera ébouler le parapet en arrière resté intact qui, dans les revêtements ordinaires, est entraîné dans la chute du mur qu'il facilite énormément par sa poussée; ainsi donc encore l'école moderne française enseigne une erreur quand elle recommande les murs pleins de revêtement, et qu'elle proscrit les murs isolés d'une manière absolue.

Si de ces considérations générales nous passons à l'examen des diverses parties constitutives d'un front de fortification, nous nous retrouverons en face de la même routine, des mêmes erreurs et des mêmes contradictions.

Le *front moderne corrigé* qui est aujourd'hui le front type de l'école française comprend deux demi-bastions reliés par une courtine, une tenaille, une demi-lune avec son réduit, deux places d'armes rentrantes et un chemin couvert. Les escarpes comme les contrescarpes sont des murs de revêtement pleins dépourvus de casemates et d'abris voûtés. Chaque bastion est pourvu d'un retranchement intérieur.

Nous n'entrerons point ici dans l'examen des règles prescrites pour le tracé du front dont il s'agit, nous rappellerons seulement que, d'après les théories de l'école, la longueur de la courtine doit être considérée comme la base du tracé et cela pour se conformer à la théorie du prétendu tir maximum au sixième; ainsi, d'après le comité, le tracé d'un front de fortification doit se faire sans savoir où tomberont les saillants des bastions, comme si la position de ces saillants n'était pas invariablement déterminée par la configuration du terrain!

Les escarpes des corps de place sont des murs de revêtement incliné au 1/20 ; comme nous l'avons déjà remarqué, de telles escarpes ne sauraient mettre la place à l'abri d'une surprise, il faut adopter les escarpes mixtes et détachées sur 4^{m} de hauteur.

L'artillerie du corps de place est promptement ruinée par le tir à ricochet qui prenant d'enfilade les faces des bastions prend en même temps d'écharpe les flancs adjacents ; pour obvier à ce grave inconvénient, il faut : 1° augmenter la longueur du côté intérieur autant que le permettent la portée et la justesse des nouvelles armes ; 2° porter en avant le saillant de la demi-lune sans nuire pourtant à la défense du chemin couvert; 3° adopter un dispositif permettant l'emploi des pièces casematées; 4° adopter pour le glacis une pente aussi roide que possible et par suite augmenter le relief des parapets du corps de place, ce qui pourra se faire sans surcroît de dépense, en tenant compte de la forte économie que procurera l'adoption des escarpes mixtes, nous verrons tout à l'heure que les glacis roides offrent encore un autre avantage important.

La demi-lune angulaire du tracé moderne est un ouvrage détestable immédiatement ruiné par le ricochet; c'est surtout à la demi-lune qu'il convient d'appliquer le principe de l'indépendance des parapets en détachant des escarpes la partie voisine du saillant et en donnant au parapet une forme polygonale de cinq côtés, l'un de ces côtés formant pan coupé vers le saillant.

Le réduit de demi-lune est un ouvrage encore plus détestable; non-seulement il est labouré par les batteries à ricochet élevées contre la demi-lune, mais encore de la batterie de brèche de la demi-lune, on peut raser le parapet de cette dernière et faire brèche au réduit; ce réduit bientôt devenu intenable pour ses défenseurs ne permet aucun retour offensif pour chasser l'assiégeant de la demi-lune. Il faut donc encore changer la forme de ce réduit, lui donner une forme polygonale de trois côtés dont le côté central parallèle à la courtine ou convexe portera un assez grand nombre de pièces pour s'opposer avec avantage à l'établissement de l'assiégeant au saillant de la demi-lune. Les portions non flanquées du fossé de ce réduit seront défendues par une escarpe crénelée, les flancs de ce réduit seront fort utiles pour flanquer les fossés des contre-gardes dans le cas de l'emploi de ces ouvrages.

La trop grande largeur des fossés du corps de place et du terre-plein du chemin couvert favorise l'établissement et l'action des batteries de brèche.

Les communications par les contrescarpes se font au moyen de petits escaliers dits pas de souris. Ces escaliers ne peuvent que compromettre les sorties qui doivent toujours être exécutées rapidement et à l'improviste : de plus, ils deviennent des passages dangereux lorsque, à la suite d'une sortie repoussée, les assiégés sont forcés de rentrer précipitamment dans les ouvrages, poursuivis, l'épée dans les reins, par les assiégeants. Le comité du génie, nous assure-t-on, a décidé récemment le remplacement des pas de souris par des escaliers beaucoup plus larges, mais, en agissant ainsi, on n'évite un inconvénient que pour tomber dans un plus grand encore, car, dans le cas que nous avons admis, rien n'empêchera l'assiégeant de poursuivre l'assiégé jusque dans les fossés de la place. Nous pensons que tous les inconvénients que nous venons de signaler, pourraient être évités par l'adoption de larges escaliers mobiles en bois ou en fer, qu'on ne mettrait en place au moyen de crochets qu'au moment du besoin et qui pourraient être facilement enlevées pour assurer la retraite des assiégés engagés dans une sortie.

Après la révolution de 1830, le ministre de la guerre ayant prescrit de mettre tous les ouvrages extérieurs des places abandonnés à eux-mêmes à l'abri d'une surprise, M. le général du génie Montfort ordonna à Valenciennes une dépense de plus de 40,000 fr. pour rendre les fossés de ces ouvrages inaccessibles, en construisant des murs sur les pas de souris des contrescarpes de manière à présenter partout au moins 4^{m} de hauteur à franchir.

La place d'armes rentrante est bien loin d'avoir l'importance que lui attribue le comité du génie; c'est à tort, suivant nous, qu'on l'a appuyée à la contrescarpe, cette disposition rendant les sorties très-difficiles par cet ouvrage, car la petite poterne conduisant dans le fossé est une mauvaise communication. On a dit, il est vrai, que si on ne reportait pas la place d'armes contre la contrescarpe, l'ennemi pourrait s'en emparer par la gorge, mais à quoi cela lui servirait-il, ne pouvant évidemment s'y maintenir?

Les seules opérations douteuses d'un siége sont, évidemment, le couronnement du chemin couvert, les assauts et le logement sur la brèche.

En partant de ces principes incontestables, on est d'abord conduit à rendre la défense du chemin couvert la plus efficace possible; pour atteindre ce but, il ne suffit pas d'un chemin couvert à crémaillères comme dans le front moderne et encore moins des chemins couverts avec crochets en forme de claveaux proposés par le général Haxo ; il faut renforcer le chemin couvert par une place d'armes saillante de demi-lune, fortement organisée et non ricochable telle que celle proposée par le général Prévost de Vernois ; cette place d'armes aura d'ailleurs l'avantage de couvrir le bastion et son chemin couvert contre le tir à ricochet.

Il conviendra également d'établir, dans des conditions analogues, un réduit de place d'armes saillante du bastion.

Nous avons déjà dit que, pour rendre l'action du tir à ricochet plus difficile et plus efficace, il fallait augmenter la roideur du glacis. — Nous disons plus, nous proposons de prolonger le glacis en l'enfonçant dans le terrain naturel, de manière à former ainsi à la queue du glacis un ressaut ou contrescarpe difficile à franchir, et surtout à remonter, et qui mettra à l'abri de toute insulte les ouvrages du chemin couvert. On pourrait, au besoin, revêtir ce ressaut en clayonnages pour le rendre plus roide. Enfin, quand on aura de l'eau à sa disposition, il suffira d'une machine à vapeur pour couvrir ce glacis d'une inondation factice.

Dans le front moderne, la dernière résistance, la résistance suprême au moment de l'assaut et de l'établissement du nid de pie, consiste dans un retranchement intérieur bien inférieur à celui indiqué par Vauban et à celui de Cormontaingne, réduit dont le parapet et le fossé emportent la moitié des flancs, et dont le fossé étroit n'est flanqué que par le bastion collatéral. Quant à l'emploi des mines pour la défense des brèches, il n'en est pas question, et cependant le siége de Constantine n'est pas encore bien éloigné de nous (Voir la note B).

Nous venons de mettre en évidence le néant des prétendues améliorations des successeurs de Vauban, et la faiblesse de leur œuvre de prédilection, c'est-à-dire du front moderne ; d'un autre côté, dans la réfutation placée au commencement de ce livre, et tout en réduisant à leur juste valeur les critiques de M. Mangin, nous avons reconnu que les ingénieurs allemands avaient souvent mal appliqué les idées de Montalembert et de Carnot tout en les exagérant. Nous avons constaté que, dans les places récemment construites d'après le système polygonal à tenailles, on a outré l'emploi des casemates non suffisamment couvertes, que les escarpes détachées y sont établies le plus souvent dans de mauvaises conditions, qu'on a supprimé à tort les chemins couverts et abusé des glacis à contre-pente.

Entre le système bastionné et le système polygonal, se trouve le dernier système de Vauban, qui est sans contredit le meilleur, et qui sera bien près de la perfection si on y introduit quelques améliorations qui, tout en respectant le dispositif général de ce grand ingénieur, le compléteront en tenant compte du rôle puissant de l'artillerie moderne dans les siéges. Ces additions et améliorations peuvent se résumer ainsi :

1° Construire les tours bastionnées avec parapets en terre et avec cavalier voûté formant retranchement en arrière ;

2° Adopter les escarpes détachées et faire usage des casemates avec embrasures cuirassées ;

3° Fermer la trouée entre les contre-gardes et la tenaille ;

4° Modifier le tracé du parapet de la demi-lune ;

5° Transformer son réduit en une espèce de caponnière casematée ;

6° Organiser fortement le chemin couvert avec place d'armes saillante du bastion et de la demi-lune ;

7° Adopter les glacis très-roides et à ressaut formant contrescarpe ;

8° Supprimer les escaliers dits *pas de souris*, et les remplacer par de larges escaliers mobiles en bois ou en fer ;

9° Enfin, toutes les fois qu'on le pourra, compléter la défense par un système de galeries de mines, de manière à en tirer parti dans la défense des brèches.

Un front de fortification se rapprochant beaucoup de celui que nous venons de préconiser est décrit dans un ouvrage ayant pour titre : « Examen et description d'un système de fortification polygonale et à caponnières, par un officier du génie prussien, traduit de l'allemand, par Théodore Parmentier, aujourd'hui chef de bataillon du génie. »

Nous savons bien que les plus hautes intelligences du corps du génie sont rarement admises dans le sein du comité du génie, mais comment se fait-il qu'en présence des admirables préceptes de Vauban, écrits dans les livres et sur le sol de la France, un comité qui a compté parmi ses membres des hommes tels que Chasseloup-Laubat, Rogniat et Haxo ait pu persévérer dans les déplorables errements de l'école de Cormontaingne et de Fourcroy? Pour répondre à cette question, nous ne saurions mieux faire que de citer un passage de l'ouvrage du général Prévost de Vernois : « Le général Haxo, si remarquable par sa savante érudition, par la passion qu'il avait pour son art, et par la sagacité de son esprit, eût pu nous tirer de la profonde ornière où nous sommes embourbés : malheureusement les préjugés de l'école ont offusqué cette brillante intelligence, et il n'a réussi qu'à aggraver encore les défauts du tracé moderne; le principe de toutes ses erreurs est d'avoir cru que Cormontaingne était de force à corriger Vauban. »

Dans l'examen qui va suivre des siéges entrepris par l'armée française depuis 1830, nous serons encore obligé de constater que partout nous avons commis des fautes dont quelques-unes ont été cruellement expiées.

CONSIDÉRATIONS

SUR LES

SIÉGES ENTREPRIS PAR L'ARMÉE FRANÇAISE

DEPUIS 1830.

Dans les considérations sur la fortification, nous avons constaté l'état stationnaire et même rétrograde de cette science dans l'école française, et ici nous allons essayer de mettre en évidence les fautes commises dans les opérations de siége confiées à l'armée française depuis 1830.

ALGER.

De tous les faits d'armes accomplis par l'armée française depuis 1815, la prise d'Alger est, sans contredit, le plus important au point de vue de l'intérêt français, et il tirera toujours un éclat particulier des revers ou des insuccès subis par les meilleures armées de l'Europe sous les murs de cette cité orgueilleusement appelée par les Turcs *la Victorieuse* et *la Bien-Gardée*.

Après les combats glorieux de Staouelli et de Sidi-Kalef, le général en chef, aidé des renseignements recueillis en 1808 par le capitaine du génie Boutin, comprit au premier coup d'œil, suivant une expression aujourd'hui consacrée, que le fort de l'Empereur était la clef de la position ; qu'Alger et ses autres défenses extérieures tomberaient avec ce fort dont il résolut le siége.

Dans ce but, l'armée se mit en marche le 29 juin, se dirigeant vers les hauteurs du Boudjareah, et après avoir reconnu le plateau désigné par le capitaine Boutin comme l'emplacement le plus favorable pour l'ouverture de la tranchée, le général en chef établit son quartier général à 2,000 mètres du fort de l'Empereur.

Le fort de l'Empereur est assis sur le roc vif et présente une forme à peu près rectangulaire : les grands côtés du rectangle ont 150 mètres de longueur et les petits 100 ; la hauteur moyenne des revêtements est de neuf mètres. Aux quatre angles s'élèvent des bastions peu spacieux et d'un tracé irrégulier ; les revêtements et les parapets des bastions et des courtines sont construits en pisé et recouverts de maçonnerie. Il n'y a point de fossé, mais en avant du front nord-ouest le roc présente une forte excavation ; une tour ronde, construite dans l'intérieur, domine tous les ouvrages et forme une espèce de réduit entouré de magasins casematés.

On choisit pour point d'attaque l'angle ouest du château, dont l'un des côtés est tourné vers le nord-ouest et l'autre vers le sud-ouest. Le 30, au matin, on ouvrit la première parallèle en profitant de cinq maisons situées à une distance moyenne de 500 mètres, et on construisit six batteries, dont quatre contre le fort, et deux destinées à contre-battre les feux de la Casbah. Le 3 juillet, le fort de l'Empereur, transformé en un monceau de ruines, tombait en notre pouvoir, et la ville d'Alger capitulait.

Le siége du fort de l'Empereur fut conduit avec vigueur et intelligence ; le point d'attaque fut bien choisi, les tranchées furent hardiment et habilement tracées ; l'artillerie y fit preuve d'une grande adresse, mais ce siége n'offre rien de particulier au point de vue de l'art des siéges, et nous arrêterions là notre examen, si encore une fois le manque de cartes ou de renseignements n'avait failli entraîner la perte de l'armée. En effet, dans leur marche vers le Boudjareah, obligées de s'avancer sans guide et sans cartes, à travers un pays hérissé de monticules, sillonné par des ravins et des anfractuosités sans nombre, les divisions et les brigades s'égarèrent plusieurs fois dans ce vaste labyrinthe, en faisant deux, trois fois la même route ; le mirage produit par les vapeurs de la Mitidja fit supposer à plusieurs chefs de corps qu'ils se trouvaient en face de la mer, et que, par conséquent, ils suivaient une route contraire à celle qu'ils devaient tenir. Les régiments se confondaient, les drapeaux marchaient pêle-mêle dans le même peloton, et de toutes parts on entendait le tambour battre le rappel pour rallier les détachements, comme il arrive après une ardente mêlée. La chaleur excessive qu'il faisait au milieu de ces gorges et de ces vallons rétrécis, rendait encore plus pénibles ces contre-marches et ces déconvenues ; l'eau manquait partout, et le soldat tombait accablé de fatigue ou exténué de besoin. Si, dans cette journée de désordre et d'imprudence, Husseim eût fait garder les principaux passages et couronner quelques hauteurs par ses miliciens et ses Arabes, c'en était fait de notre armée ; une poignée d'hommes eût suffi pour l'anéantir ou la forcer à rendre les armes sans avoir combattu.

ANVERS.

L'armée française, destinée à faire le siége d'Anvers, comprenait cinq divisions d'infanterie, deux divisions de cuirassiers et dragons, et trois brigades de cavalerie légère. Cette armée était admirablement approvisionnée.

La ville d'Anvers avait été déclarée neutre, il s'agissait de réduire la citadelle. Cette citadelle est un pentagone régulier à grands côtés, avec fossés pleins d'eau, quatre demi-lunes, un chemin couvert, et du côté de la campagne deux lunettes qui prennent leurs noms du village de Kiel et de l'église St-Laurent, dont elles sont voisines. La garnison était d'au moins cinq mille hommes.

Le commandement du génie dans l'armée de siége était confié au général Haxo, homme éminent, aussi remarquable par la finesse et la pénétration de son esprit que par l'étendue de ses connaissances militaires.

L'armée française possédait un plan exact de la place d'Anvers, et nous ne devons pas nous étonner, avec l'auteur d'un article inséré au *Spectateur militaire*, du 15 février 1833, que les cheminements aient été exécutés tels qu'ils avaient été arrêtés d'avance sur le plan des attaques ; mais ce sera pour nous une raison de plus de blâmer toute faute commise dans le tracé de ces cheminements, d'autant plus que le colonel du génie Laffaille, auteur de l'article précité, dit : « Si tout ne fut pas parfait dans les travaux du génie et de l'artillerie, personne, nous le croyons, ne refusera des éloges à la direction et à la marche des attaques ; et les militaires qui étudient l'art des siéges pourront y trouver d'utiles leçons. »

Certes, c'est avec juste raison que l'on choisit pour point d'attaque le bastion de Tolède, placé dans le rentrant formé par l'enceinte de la ville et de la citadelle, et que l'on se proposa d'ouvrir la brèche dans la face gauche de ce bastion, dont le fossé seul était flanqué par le flanc droit du bastion adjacent n° 1, dit de Ferdinand de Hermando. Mais si l'on jette un coup d'œil sur le plan des attaques, on reconnaît que la première et la deuxième parallèle ont été tracées comme s'il ne s'agissait que d'attaquer et de réduire la lunette St-Laurent ; la troisième parallèle, en refusant sa gauche, prolonge timidement sa droite dans le rentrant formé par la citadelle et l'enceinte de la ville. Enfin, ce n'est qu'après la prise de la lunette St-Laurent que la quatrième parallèle aborde franchement le rentrant où l'on établit la batterie de brèche, en même temps qu'une autre batterie apposée au flanc droit du bastion. Or, la ville étant neutre, et les saillants de la lunette St-Laurent, du bastion de Tolède et du bastion de Hermando, se trouvant en ligne droite, on pouvait d'abord supprimer toute la portion de droite de la première parallèle, puis on devait jeter la droite de la deuxième parallèle au fond du rentrant, établir la batterie de brèche et faire tomber en même temps la lunette et le bastion. De plus, on peut avancer sans crainte qu'après l'établissement de la batterie de brèche du bastion, la lunette St-Laurent, prise à revers et privée de communications assurées avec la citadelle, serait tombée d'elle-même, et que par suite la construction de la contre-batterie deviendrait inutile, puisque la reddition de la citadelle suivit immédiatement l'ouverture de la brèche.

Malgré les avantages énormes que la neutralité de la ville donnait à l'attaque, les assiégeants violèrent inutilement cette neutralité en établissant des batteries dans la lunette Montebello, dépendant de son enceinte, et sur la partie droite de la contre-garde en arrière.

Quelles que soient la haute estime et la sincère affection que nous avons toujours professées pour le général Haxo, nous sommes forcé de reconnaître qu'il commit une faute inexcusable, ou tout au moins un fâcheux oubli, en ne s'apercevant que très-tard de ce qui aurait dû frapper ses yeux dès l'ouverture de la tranchée; faute ou oubli dont la conséquence fut le prolongement de la durée du siége, et l'augmentation du développement des tranchées, dont l'exécution présenta de si grandes difficultés.

CONSTANTINE.

La ville de Constantine a été assiégée deux fois par l'armée française, en 1836 et 1837. Une description succincte de cette place est nécessaire pour justifier nos observations ultérieures.

Constantine est assise sur un plateau entouré sur les deux côtés nord et est par l'oued el-Rummel, espèce de torrent encaissé dans un ravin extrêmement profond et à berges escarpées, souvent même verticales. A l'est, la rive droite du Rummel se relève vers le plateau de Mansourah, et au nord avec le plateau de Mecid. Sur le côté sud, l'enceinte de la ville est établie sur un isthme peu accidenté, qui se relie avec le Condiat-Ali; enfin, sur le côté ouest, l'enceinte repose sur un escarpement de roc aboutissant à des pentes roides qui vont rejoindre le lit du fleuve dans la vallée étroite, resserrée entre le Condiat-Ali et le Mecid.

Constantine a quatre portes, dont trois se trouvent au sud-ouest. Le chemin de Sétif aboutit à la première, en face du Condiat-Ali; elle se nomme Bab-el-Djedid; celle du centre s'appelle Bab-el-Oued; la troisième, nommée El-Rabbia, communique avec le Rummel. Ces trois issues sont reliées entre elles par une vieille muraille, haute de 8 à 9 mètres; la quatrième porte, établie à l'angle nord-est, aboutit au pont El-Kantara, pont gigantesque, à arches superposées, ouvrage des Romains, restauré dans ces derniers temps par des ingénieurs espagnols, et sur lequel passent les conduites d'eau qui alimentent les grands réservoirs de la Casbah.

D'après ce qui précède, tout chef d'armée chargé d'assiéger Constantine, et qui fera précéder ses attaques d'une reconnaissance de la place, n'hésitera pas un instant sur le choix du point d'attaque; il s'établira sur le Condiat-Ali, et ouvrira une brèche à l'enceinte du côté sud de la ville. Dès lors, tout se réduira à la construction de la batterie de brèche et à l'assaut, c'est-à-dire à toutes les difficultés que doit présenter la prise de possession violente d'une ville formée d'un amas de maisons, défendues par des hommes fanatiques, et séparées entre elles par des rues étroites, tortueuses et souvent sans issue.

Tel fut le siége de 1837, entrepris par l'armée française, forte de 10,000 hommes, et munie d'un matériel de siége composé de 8 pièces de fort calibre, de 6 obusiers et de 3 mortiers, avec des approvisionnements considérables.

Ce siége n'offre donc rien qui intéresse l'art de l'ingénieur, mais nous ne pouvons laisser passer sous silence l'explosion qui au moment de l'assaut vint jeter le désordre dans nos colonnes, en nous faisant subir des pertes cruelles; car, que cette explosion ait été produite par un fourneau de mine préparé à l'avance, ou qu'elle n'ait été que l'explosion même d'un magasin à poudre, comme le pensent la plupart des narrateurs, il n'en atteste pas moins tout le parti que l'on peut tirer de l'emploi des mines dans la défense des brèches.

L'expédition de Constantine, en 1836, et à laquelle nous ne saurions donner le nom de siége de Constantine, est un des plus tristes épisodes de nos guerres d'Afrique, et restera comme la preuve, après tant d'autres, de ce que peut amener de désastres l'obstination ou l'imprudente témérité d'un seul homme, sinon son incapacité.

Le 28 octobre 1836, après l'arrivée à Bone de Mgr le duc de Nemours, le maréchal Clausel prit en personne le commandement du corps expéditionnaire. Ce corps comprenait 7,410 hommes de troupes françaises, et 1,356 Turcs ou indigènes.

Mais les approvisionnements et les transports étaient très-insuffisants; les maladies avaient déjà fait d'effroyables ravages sur cette réunion d'hommes mal logés, sans bois de chauffage et sans objets de casernement ou de campement. Dans les premiers jours de novembre, on comptait déjà 2,000 hommes entrés aux hôpitaux.

C'est dans ces conditions que l'armée se mit en marche, le 8 novembre. Le 20, on arriva sous les murs de Constantine. Le 22, le général fit canonner la porte d'El-Kantara sans beaucoup de succès. Le soir, les munitions de l'artillerie étaient épuisées, et le génie s'apprêta à faire sauter la porte, pendant qu'une tentative du même genre était faite contre la porte faisant face au Condiat-Ali. La mort décime les assaillants, les sacs à poudre disparaissent sous les cadavres des sapeurs du génie et l'attaque doit être abandonnée.

Ainsi, un maréchal, vieilli dans les guerres de l'Empire, commit devant Constantine une faute impardonnable; cette faute n'eut pas seulement pour conséquence de prolonger la durée d'un siége, elle fut un échec réel suivi d'une retraite désastreuse, dont la nouvelle retentit douloureusement dans toute la France, qui la vengea par l'expédition de 1837.

On a dit que le ministère n'avait donné au maréchal qu'un effectif insuffisant, et que Yusuf avait manqué à ses promesses, touchant les transports et les approvisionnements, nous l'admettons ; mais, dans de telles conditions, un homme de l'expérience du maréchal Clausel devait-il poursuivre l'expédition? Sur tout le parcours de Bone à Constantine, il avait pu se convaincre des mauvaises dispositions des Arabes ; et arrivé sous les murs de Constantine, il ne pouvait plus douter qu'on lui opposerait une résistance opiniâtre, et ces considérations ne l'arrêtèrent pas !

Une simple reconnaissance de la place lui eût démontré que le véritable point d'attaque était la porte Bab-el-Djedid, et que c'était là qu'il fallait diriger l'attaque principale. Il ne pouvait ignorer que toute entrée de ville arabe se compose de deux portes reliées par un passage couvert, à crémaillère, et le plus souvent défendu par un corps de garde ; il ne pouvait ignorer qu'en arrière de la porte d'El-Kantara le terrain est très-rapide, et aurait présenté d'énormes difficultés aux assaillants. Si des officiers vulgaires peuvent penser qu'un fort défendant un passage étroit et obligé ne saurait empêcher un corps d'armée de passer outre, et que, pour s'emparer d'une place, il suffit d'aller à découvert en enfoncer les portes, un maréchal expérimenté ne pouvait admettre de telles illusions. Enfin, le maréchal ne pourra jamais être justifié d'avoir entrepris une expédition ayant un siége pour objectif avec un matériel d'artillerie insuffisant. Car, qui le croirait, l'artillerie de cette expédition ne comptait que 6 pièces de campagne, et 10 obusiers de montagne approvisionnés à cent coups seulement. Il existait à Bone des pièces de douze qui auraient pu être d'un grand secours, le maréchal refusa de les amener !

ROME.

Dans l'examen rapide que nous allons faire du siége de Rome, nous ne nous appuierons que sur la relation officielle publiée sous ce titre : *Siége de Rome en 1849 par l'armée française*, journal des opérations de l'artillerie et du génie, par le général Vaillant.

L'armée se mit en marche le 28 avril.

On lit page 10 : « L'ordre fut donné de préparer des sacs de poudre pour enfoncer la porte que l'on croyait exister dans le voisinage. Mais toutes ces dispositions demeurèrent sans résultat, parce que l'on ne découvrit pas cette porte qu'on dut regretter de ne pas avoir fait reconnaître.

« Enfin, on s'aperçut qu'on n'avait devant soi qu'une simple poterne désignée sous le nom de *Porta-Pertusa*, depuis longtemps déjà condamnée et bourrée de terre. La porte *Cavallegieri*, but de l'attaque, se trouvait à 800 mètres au moins sur la droite, et il était impossible de l'atteindre sans franchir, sous le feu de la place, la plus grande partie de cette distance. Il fallut donc abandonner tout espoir de réussite de ce côté.

« Cette journée, où la division expéditionnaire venait de montrer tant de courage et de constance, avait coûté 80 morts et 250 blessés, parmi lesquels beaucoup d'officiers. A ces chiffres, il faut ajouter environ 250 prisonniers enlevés par supercherie avec le chef de bataillon Picard du 20ᵉ de ligne. »

Ainsi, le général Oudinot de Reggio a renouvelé devant Rome la faute impardonnable commise par le maréchal Clausel en 1836 devant Constantine, et qui fut si chèrement payée. Ici la faute est encore plus incompréhensible, puisqu'on ne voyait pas la porte, comme à Constantine, et qu'on avait négligé de la faire reconnaître. D'après des témoins oculaires, la reconnaissance fut faite et très-mal faite, et c'était bien la *Porta-Pertusa* qu'il s'agissait d'attaquer. Comment ne pas adopter cette opinion en pensant que, quelque temps auparavant, des officiers français avaient été introduits dans Rome, et que parmi eux se trouvait un officier du génie renommé pour sa dextérité dans les levées et reconnaissances ? Enfin, la supercherie pouvant constituer un acte de déloyauté, M. le général Vaillant aurait dû s'expliquer et faire connaître avec détails comment avait été opérée la capture des 250 hommes du 20e de ligne.

Page 13 : « Les jours suivants, le corps d'armée se porta en avant, et le 16 mai, arrivé à 2 ou 3 kilomètres de la place, il couronnait toutes les hauteurs qui s'étendent de la Casa Maffei sur la route de Civita-Vecchia jusqu'à Santa-Passera, sur le bas Tibre. Une ligne de 6,000 mètres de développement pourra paraître un peu longue et mince, eu égard au nombre de troupes chargées de la défendre, mais nos soldats étaient animés de tels sentiments, que le succès n'eût point été douteux, dans le cas où l'armée romaine aurait eu la témérité de venir les attaquer dans leurs positions. Le 29 mai, un pont fut jeté sur le Tibre à Santa-Passera. » .

Les généraux Vaillant et Thyri, commandant le génie et l'artillerie, arrivèrent le 19 mai.

Page 19 : « Nous eûmes ainsi un passage bien assuré sur la rive gauche du Tibre, et *nous pouvions au besoin opérer de ce côté*.

« Dès le 25 mai, on avait entrepris, pour faire tête de pont sur la rive gauche, un petit ouvrage en terre, en forme de lunette, avec une barbette au saillant pouvant porter trois pièces. »

L'ordre d'agir est du 1er juin.

Page 20 : « A cette époque, les première et deuxième divisions tenaient la ligne des hauteurs qui commence à Santa-Passera, et se prolonge par Santucci jusqu'auprès de la villa Pamphili. Plusieurs compagnies de la brigade Molière (1re division) avaient été jetées sur la rive gauche du Tibre pour occuper l'ouvrage en avant du pont, et tenir l'église et le couvent de San-Paolo, ainsi que la hauteur qui le domine au nord. »

Il résulte de ce qui précède que l'on pouvait attaquer la ville soit sur la rive droite, soit sur la rive gauche. Sur cette dernière, on se trouvait en face de l'enceinte Aurélienne, formée d'un mur isolé, et sur l'autre, en face du mont Janicule, occupé par des fronts bastionnés et terrassés. Il suffisait de quelques volées de coups de canon pour détruire une partie de l'enceinte Aurélienne, tandis qu'on ne pouvait s'emparer du mont Janicule que par un siége en règle qui a exigé trente jours de tranchée. Cependant M. le général Vaillant dit dans les pages 22 et suivantes :

« Une fois maître du Janicule, on occupait une position dominante qui devait donner tout avantage à l'attaque, et faciliter la destruction de la ville, si on y était forcé.

L'enceinte Aurélienne est formée d'un mur non terrassé de 10 à 14 mètres de hauteur et 1 à 3 mètres d'épaisseur, flanqué de tours un peu plus élevées à distances inégales de 30 à 35 mètres, avec 8 mètres de largeur et 4 mètres seulement de saillie sur les murs. Cette enceinte a une route de ceinture à l'extérieur, limitée au mur d'escarpe, et à des propriétés particulières dont les murs de clôture forment une sorte de contrescarpe continue. Le mur n'étant pas terrassé, on n'aurait pu y pratiquer que de très-mauvaises brèches formées de gros matériaux sur lesquelles il eût été très-difficile de s'établir.

L'enceinte Aurélienne franchie, on se fût trouvé sur un terrain tout à l'avantage de la défense, dans un dédale de murs crénelés, de rues et de chemins hérissés de barricades. Il voulait, dit-il, pénétrer dans l'enceinte bastionnée du Janicule par le front faisant saillie entre les portes Pertusa et San-Pancrazio, gagner ensuite, par une conversion à gauche, l'enceinte Aurélienne et le contre-fort de San-Pietro in Montori, en passant par-dessus le vieux mur Aurélien, puis voir, pour les opérations ultérieures, l'attitude que prendrait la défense.

« Enfin, dit-il, il fallait ne pas nous éloigner de notre base d'opérations, assurer notre ligne de communications avec Civita-Vecchia, garder le point où pourrait s'effectuer le débarquement de notre matériel, et prendre Rome sans ensanglanter ses rues, sans détruire ses monuments, sans compromettre en rien le succès en sacrifiant le moins de soldats possible. »

Nous ne saurions admettre comme sérieux ni surtout décisif aucun des motifs allégués par M. le général Vaillant, et que nous pensons avoir complétement reproduits ci-dessus.

Certes, le commandant en chef du génie de l'armée française avait dû être frappé de l'avantage de la position dominante conquise après un assaut heureux, mais il ne pouvait avoir prévu la conversion à gauche dont il parle, et qui ne devint une nécessité qu'à cause de la déclivité du terrain vers la ville qui, au lieu d'être avantageuse pour l'attaque, fut le plus grand obstacle à notre établissement après l'assaut. Ce mouvement de conversion à gauche était si peu prévu que, pour l'exécuter, il fallût (chose inouïe dans un siége) ressortir de la place, ouvrir une brèche dans le flanc gauche du bastion 8, donner un nouvel assaut, et en définitive franchir la double enceinte Aurélienne aboutissant à ce bastion. Le premier assaut, qui devait nous rendre maîtres de la ville, avait eu lieu le 21 juin, et le deuxième ne put être exécuté que le 30, c'est-à-dire après neuf jours qui nous coûtèrent tant d'efforts et tant de pertes. De plus, par suite du peu d'étendue de nos attaques restreintes à la rive droite du Tibre, on n'avait pu ricocher les faces du bastion 6, la face gauche du bastion 7, ni la courtine 6-7.

Si l'armée romaine avait voulu pousser la résistance jusqu'au bout, l'armée française, maîtresse de cette position dominante du Janicule, n'eût pu réduire la ville qu'en la détruisant ou en triomphant dans une guerre de rues, après avoir franchi l'enceinte Aurélienne et avoir accompli le passage du Tibre dans les conditions les plus périlleuses.

Le Janicule est si rapproché de la ville qu'avant l'assaut nos boulets arrivaient jusqu'au Corso, et, d'un autre côté, des pièces de marine placées sur la hauteur au nord de la basilique de San-Paolo, envoyèrent aussi des boulets et des obus sur la ville.

Au contraire, le saillant de l'enceinte Aurélienne à attaquer sur la rive gauche se trouvait distant de la ville de plus de 2,300^{m}, l'attaque de ce côté ne présentait donc aucun danger pour les monuments romains.

Comment M. le général Vaillant peut-il affirmer qu'une brèche pratiquée dans l'enceinte Aurélienne eût été inabordable, alors que le comité du génie, dont il était un des membres les plus influents, proscrit d'une manière absolue les murs non terrassés comme incapables d'une résistance sérieuse? Alors surtout qu'après avoir pris le Janicule, il fallait passer à travers une double enceinte Aurélienne tournée contre nous et partant de la gorge des bastions 8 et 9?

Le seul argument qui, au premier abord, paraisse de nature à justifier la décision de M. le général Vaillant, c'est qu'il fallait, dit-il, ne pas nous éloigner de notre base d'opérations, et assurer notre ligne de communications avec Civita-Vecchia. Mais on ne doit pas perdre de vue que notre ligne s'étendait déjà sur la rive gauche du Tibre, où il suffisait de jeter une brigade pour protéger la batterie de brèche, brigade qu'on pouvait couvrir par un retranchement élevé en 48 heures; que quelques heures auraient suffi pour ouvrir une ou plusieurs brèches dans l'enceinte Aurélienne, et qu'au moment de l'assaut seulement se serait effectué le mouvement de l'armée; qu'enfin l'armée avait tout le temps de faire venir un équipage de pont.

D'ailleurs, en jetant les yeux sur le plan annexé à la relation officielle, on reconnaît de suite que le vaste terrain situé en arrière de l'enceinte Aurélienne n'était nullement percé de rues ni obstrué de barricades; c'est une partie de la campagne proprement dite, et, dans tous les cas, l'armée assiégeante pénétrant à la fois par plusieurs brèches, aurait facilement enlevé toutes ces défenses éphémères qu'elle pouvait constamment tourner. Il est vrai qu'au delà de l'enceinte, le terrain commence par monter, mais peu de temps, et c'est tout le contraire qui a lieu à partir du Monte-Aventino. Sur ce terrain, on trouve des thermes faciles à enlever par l'assiégeant, muni d'une nombreuse artillerie de campagne, et susceptibles de lui servir de réduits inexpugnables.

Nous nous croyons donc en droit de conclure que M. le général Vaillant s'est trompé dans le choix du point d'attaque, et qu'il s'est laissé séduire par l'idée chère à tous les officiers du génie, de diriger un siége d'après les règles ordinaires de l'école. Mais, en fût-il autrement, M. le général Vaillant aurait encore commis une faute en ne franchissant pas l'enceinte Aurélienne de la rive gauche pour faire taire les batteries de St-Alexis et du Testaccio, comme aussi pour ricocher les faces du bastion 6, la face gauche du bastion 7 et la courtine 6-7, dont les feux rendaient nos cheminements si difficiles.

ZAATCHA.

Le siége de Zaatcha est encore, sans contredit, l'un des plus tristes épisodes de la guerre d'Afrique.

Le village de Zaatcha, situé dans le sud de la province de Constantine, comme tous les villages des oasis, était formé d'un groupe de maisons séparées par des rues ou impasses très-étroites. Les maisons placées sur le pourtour du village et formant l'enceinte étaient contiguës les unes aux autres, avec des saillants et rentrants irréguliers, donnant des flanquements, mais des flanquements très-imparfaits. Les maisons étaient sans issues sur la campagne, et une simple porte donnait entrée dans le village. Toutes les maisons à un étage au-dessus du rez-de-chaussée étaient percées à chaque étage de petites ouvertures triangulaires destinées à la ventilation et converties en créneaux. Les terrasses étaient couronnées d'un mur d'environ 2^m de hauteur, portant un troisième rang de créneaux, ainsi que de petites tourelles placées de distance en distance et principalement aux angles saillants.

Les murs, faits en mortier de terre et briques séchées au soleil, avaient une épaisseur variable de 0,60 à 0,70 du rez-de-chaussée, de 0,50 au premier étage, et de 0,30 au-dessus des terrasses.

Sur près de la moitié du pourtour du village, l'enceinte était précédée d'un chemin de ronde avec un mur en terre crénelé de 2,50 de hauteur.

Zaatcha était en outre entouré d'un fossé plein d'eau dormante de 1^m60 de hauteur environ, et présentant une largeur de 8 à 9 mètres.

Enfin Zaatcha était entouré d'une forêt de palmiers très-serrés et très-élevés dont quelques-uns avaient jusqu'à 25^m de hauteur, et de 0,30 à 0,40 de diamètre. Les palmiers les plus rapprochés du village étaient plantés dans des jardins de forme irrégulière et de grandeur très-variable, entourés de murs destinés à les abriter contre les sables chassés par les vents. Ces jardins sont arrosés par les eaux dérivées des sources qui alimentent également de petits canaux dans les massifs de palmiers.

A l'angle nord-est, en dehors du village, se trouvait une zaouia ou groupe de maisons, avec une mosquée à minaret. Enfin, hors du village de Zaatcha, se trouvaient d'autres oasis dont les plus rapprochées étaient celles de Farfar et de Lichana.

Quiconque aura sous les yeux la description exacte qui précède, conclura qu'il était imprudent de tenter une attaque de vive force contre le village de Zaatcha, présentant partout des escarpes de 10^m précédées d'un fossé plein d'eau, et cette appréciation a été malheureusement confirmée par l'attaque infructueuse du colonel Carbuccia, le 17 juillet 1849. Mais il conclura en même temps que le village de Zaatcha, défendu par le feu de mousqueterie des Arabes, ne pouvait opposer une résistance sérieuse à une armée française pourvue d'une artillerie suffisante, et cependant les faits que nous allons exposer donneront un éclatant démenti à cette assertion.

Le 7 octobre 1849, la colonne expéditionnaire arriva devant Zaatcha, et prit immédiatement position en face de la Zaouïa, située en avant de l'oasis, à 200 mètres et à l'est.

Le général Herbillon, commandant en chef, fit établir son camp sur le Condiat-el-Meida, et aussitôt on s'empara de la Zaouia. Les jours suivants, on s'y installe, on abat les palmiers et on pousse les cheminements en avant et à gauche.

Le 13 octobre, la colonne expéditionnaire reçoit des renforts, on continue l'extension des attaques vers la droite.

Le 19 octobre, on a établi successivement cinq batteries, et on a ouvert deux brèches, l'une à l'angle nord-est et l'autre à l'angle sud-est, et l'assaut est décidé. A la brèche sud-est, on a comblé le fossé avec des pierres provenant des démolitions de la Zaouia ; il n'en est pas de même à la brèche de droite, et l'on décide que sur ce point le passage du fossé se fera à l'aide d'une charrette à deux roues qu'on lancera dans l'eau.

Le 20 octobre, au point du jour, une colonne d'attaque gravit la brèche de gauche, mais elle ne peut s'y maintenir sous le feu serré des Arabes, et elle est obligée de l'abandonner. Pendant ce temps, on essaie en vain d'assurer le passage du fossé en avant de la brèche de droite, la charrette se renverse, et ses brancards se placent parallèlement au mur d'enceinte. Les hommes formant la colonne d'attaque de droite se jettent à l'eau, et après des difficultés énormes, arrivent au sommet de la brèche ; mais les Arabes, déjà débarrassés de l'attaque de gauche, portent tous leurs efforts sur la brèche de droite, et les troupes qui l'occupent sont enfin forcées de se retirer, après avoir essuyé des pertes très-sensibles : presque tous les officiers sont tués ou blessés.

Après cette attaque infructueuse, le général demande des renforts qui lui sont expédiés, et on décide que l'on fera l'investissement de la place. On pousse les cheminements dans ce but. Pendant ce temps, les Arabes détournent les eaux et inondent le terrain des travaux. Enfin, le 15 octobre, ils opèrent une sortie contre les attaques de gauche, et on les repousse, après une lutte qui nous a coûté des hommes, des armes, des outils et des matériaux.

Le 17 novembre, à la suite d'un conseil de guerre, on

décide qu'on renoncera à compléter l'investissement, encore très-imparfait, et qu'on ouvrira deux nouvelles brèches, après quoi on renouvellera l'assaut.

Cet assaut a lieu le 25 novembre par trois des quatre brèches ouvertes. Pendant cette triple attaque, la colonne du commandant Bourbaki repousse les habitants de Lichana et de Farfar, qui, au bruit de la fusillade et des détonations de l'artillerie, viennent au secours de Zaatcha. L'armée française reste complétement maîtresse de Zaatcha, défendue par 750 Arabes, qui tous trouvent la mort.

Ainsi, en résumé, le village de Zaatcha, dans lequel on n'a trouvé que 750 défenseurs, a résisté cinquante-deux jours à une armée française qui comptait un effectif de 5,000 hommes, porté en octobre jusqu'à 8,000 hommes, dont 13 escadrons de cavalerie, un personnel de 13 officiers du génie et un matériel d'artillerie composé de 2 canons de 12, 2 canons de 8, 2 obusiers de 24, 3 petits mortiers et 10 obusiers de montagne. De plus, d'après les bulletins officiels, nos pertes d'hommes de toutes armes mis hors de combat par le feu de l'ennemi, pendant les opérations, a été de 1,000 environ, dont 71 officiers. Le nombre d'hommes entrés à l'ambulance par suite de blessures a été de 896, dont 55 officiers.

De tels résultats ne peuvent s'expliquer que par une série de fautes graves, en effet : si lors de la prise de Zaatcha on n'a trouvé dans la place que 750 hommes valides se faisant bravement tuer, c'est que pendant tout le temps du siége, Zaatcha conserva ses communications libres avec les oasis voisines, qui fournissaient des vivres et des munitions, et recevaient les blessés qu'elles remplaçaient par des hommes valides. Il fallait tout d'abord couper ces communications, ce qui était bien facile, car il suffisait d'élever une redoute en face de la porte unique de Zaatcha. L'investissement complet n'était pas nécessaire, on devait tout au plus entourer Zaatcha d'une série de redoutes, distantes entre elles de 200 à 300 mètres.

Le point d'attaque était mal choisi, car on eût dû tout

d'abord s'emparer de la tête des eaux, c'est-à-dire des sources d'Ain Fouard et diriger les travaux dans le sens de l'écoulement des eaux, afin d'éviter de les voir envahis par celles-ci. Avec ces simples dispositions, l'ennemi n'aurait pu inonder les travaux, comme après l'attaque infructueuse du 20 octobre, ni opérer une forte sortie comme celle qui eut lieu le 15 novembre.

On dit que les massifs de palmiers étaient très-serrés et dérobaient la vue des maisons de l'enceinte, mais ce rapprochement des arbres était aussi favorable à l'assiégeant. L'armée aurait pu couper vingt mille palmiers en quatre jours. Ainsi on pouvait, pendant la nuit, faire en quelques heures des coupes formant des avenues vers les jardins, et détruire les murs des jardins avec des batteries établies à grande distance, puis prolonger les coupes à travers les jardins, et par suite ouvrir des brèches sur tout le pourtour de l'enceinte. On pouvait, en même temps, avec les palmiers coupés, construire des mantelets pour masquer tantôt le travail des coupes, tantôt les mouvements des hommes, combler les fossés et s'emparer de la place en donnant l'assaut à toutes les brèches. On se demande avec étonnement comment, en présence des ressources qu'offraient ces massifs de palmiers, on a eu l'idée, avant l'assaut du 20 octobre, de combler le fossé de la brèche de gauche avec des pierres transportées péniblement de la Zaouia, et à franchir le fossé de la brèche de droite à l'aide d'une charrette dont on ne sut pas faire emploi.

Quelle eût été la situation de l'armée expéditionnaire menacée par l'insurrection toujours croissante des Zibans, si, comme nous l'écrivions alors à M. le gouverneur général, la garnison eût abandonné Zaatcha, pour aller recommencer la résistance dans une autre oasis? Comment M. le gouverneur général, général de division du génie, en présence de la prolongation du siége, ne jugea-t-il pas à propos de se rendre sur les lieux, au lieu de se contenter, après le siége, de blâmer la conduite des opérations en provoquant la rentrée en France du général commandant la colonne expéditionnaire des Zibans?

BOMARSUND.

L'attaque et la prise de Bomarsund ont été une affaire toute d'artillerie, et c'est à tort, suivant nous, qu'on a qualifié ce fait d'armes de *siége de Bomarsund.* Les opérations qui l'ont préparé n'offrent aucun intérêt sous le rapport de la guerre des siéges, en réalité il n'y a pas eu de défense; les Russes qui disposaient d'un assez grand nombre de pièces de campagne n'ont rien fait pour s'opposer au débarquement des troupes, qui, cependant, ne put s'effectuer sans beaucoup de lenteur et de difficultés; malgré leur parfaite connaissance du terrain, il n'ont pas même tenté de défendre les approches de la place et dès lors ils pouvaient prévoir le moment peu éloigné où leurs murailles entièrement privées de couverts terrassés, tomberaient sous les coups des batteries françaises. Nous n'aurions plus rien à ajouter si, dans son rapport à Son Exc. le ministre de la guerre, M. le général Niel, commandant le génie de la colonne expéditionnaire, ne nous avait appris que, pour reconnaître le terrain, il s'était glissé lui-même à travers les broussailles et les rochers et qu'à la suite de cette reconnaissance, il avait indiqué, comme clef de la position, la tour du sud ou de l'ouest par rapport à l'ouvrage principal.

En voyant le commandant en chef du génie faire lui-même la reconnaissance du terrain dans les conditions rapportées ci-dessus, on est porté à croire qu'il n'avait sous la main aucun officier du génie ou tout au moins aucun officier capable de remplir une telle mission; cependant, d'après le tableau officiel des effectifs du corps expéditionnaire, l'état-major du génie comprenait, outre les deux aides de camp du général, trois officiers, entre autres le lieutenant-colonel Jourjou dont M. le général Niel s'est plu à signaler les éminentes qualités. Nous ne pouvons donc que déplorer le rôle subalterne auquel on condamne les officiers les plus distingués en leur enlevant toute initiative ou toute action directe dans les opérations de guerre.

Pour apprécier le mérite qui revient à M. le général Niel pour avoir indiqué la clef de la position, il est nécessaire de donner une description succincte de la place en puisant nos données dans la relation officielle ayant pour titre : *Siége de Bomarsund en* 1857, *publié avec l'autorisation du Ministre de la guerre.*

On lit pages 10 et suivantes : « L'ouvrage principal de la forteresse de Bomarsund est un immense bâtiment, situé au niveau de la mer, à deux étages de casemates et qui, en plan, présente à peu près la forme d'une demi-ellipse dont le grand axe a 200 mètres et le petit axe 100 mètres de longueur. Les casemates de la partie curviligne tournée vers la mer sont au nombre de 62 à chaque étage. Celles de l'étage supérieur sont voûtées à l'épreuve de la bombe. A partir des deux extrémités de l'hémicycle, les neuf premières casemates du rez-de-chaussée servent de magasins et sont percées de créneaux; toutes les autres voûtes ont des embrasures. Enfin, les pignons des extrémités de l'hémicycle ont trois embrasures à chaque étage. Du côté de la terre, la gorge qui suit à peu près le grand axe de l'ellipse est flanquée par un bâtiment en fer à cheval, établi au milieu de la gorge et construit sur le même modèle que les parties extérieures du grand hémicycle. Au rez-de-chaussée, les deux casemates qui, de chaque côté, flanquent la gorge, sont percées d'une embrasure ; les autres servant de magasins sont crénelées, à l'étage six ou sept casemates ont des embrasures, celles du milieu renferment la chapelle.

Le grand réduit est protégé à l'extérieur par trois tours placées à une distance de 800 à 900 mètres en avant, l'une au nord, à l'extrémité d'une presqu'île, l'autre au sud-ouest, sur une hauteur d'où elle domine le réduit et la campagne ; enfin la troisième, presque au niveau de la mer, sur une des pointes nord de l'île de Presto. Ces trois tours sont semblables, leur diamètre est de $42^{m},90$, elles sont percées de

14 embrasures et d'une porte au rez-de-chaussée et de 15 embrasures au premier.

Le débarquement a lieu le 8 août ; le 14, après l'avoir ruinée, on s'empare de la tour du sud ou de l'ouest par rapport à la place ; cette tour paraît presque abandonnée, on y trouve deux officiers et 32 soldats.

Le 15, la tour du nord cesse son feu et hisse le pavillon blanc.

Dans l'après-midi du 16, la forteresse qui n'a pas été battue en brèche, hisse à son tour le pavillon blanc.

Ainsi, la forteresse principale est tombée, sans opposer aucune résistance après la prise de la tour du sud qui était bien vraiment la clef de la position. Mais est-il possible d'hésiter un instant et de ne pas reconnaître au premier coup d'œil où se trouvait la clef de la position? nous disons non. En effet :

Supposons une grande maison ayant sa façade principale percée de nombreuses ouvertures disposées pour le feu de ses défenseurs et dont la seconde au contraire n'a que peu ou point d'ouverture. Supposons en outre qu'à cette seconde façade est appuyé une cour ou jardin entouré de murs et dont le sol monte rapidement jusqu'au mur opposé du jardin percé d'une porte défensive. Certes il n'est pas un officier intelligent qui, chargé de s'emparer de la maison, ne reconnaisse de prime abord que la clef de la position est la porte du jardin qui, une fois enfoncée, permettra aux assaillants de ruiner, presque sans danger, la façade postérieure de la maison à peu près dépourvue de défenses. Eh bien, si, reprenant la description que nous avons donnée ci-dessus, on jette un coup d'œil sur les plans annexés à la relation officielle, on reconnaîtra que la forteresse principale dont toutes les défenses sont tournées vers la mer, est élevée sur la plage dans une position commandée par le terrain environnant commandé lui-même par la tour du sud, et que toute la défense du côté de la campagne repose sur le bâtiment en fer à cheval placé au milieu de la gorge, incapable de résister aux coups d'écharpe d'une batterie établie à bonne portée, et tirant sa protection unique des feux de la tour du sud. En présence de ce rapprochement, la conclusion est facile.

SÉBASTOPOL.

Dans les considérations succinctes que nous allons présenter sur le siége de Sébastopol, nous prendrons pour guide le *Journal des opérations du génie*, par le général Niel.

Le siége de Sébastopol a exigé onze mois de tranchée ouverte, et au 8 septembre 1855, jour du dernier assaut, on n'avait exécuté, après les plus grands efforts, que les cheminements qui précèdent le couronnement du chemin couvert dans les siéges ordinaires, ou la période la plus difficile de l'attaque. Mais si l'histoire nous présente des siéges d'une plus grande durée, il n'en est pas un qui se soit accompli dans des conditions analogues, ni pendant lequel l'assiégé ait déployé des armements aussi considérables et aussi puissants.

D'autres, plus autorisés que nous, diront s'il ne convenait pas de tenter une attaque de vive force après la bataille de l'Alma, ou tout au moins de s'emparer, préalablement au siége, de la presqu'île de Pérécop; ils diront enfin si l'armée française n'aurait pas mieux fait d'entreprendre une guerre offensive, que de se condamner pendant un an à des travaux de siége dont personne n'eût osé présager la fin. Notre rôle est plus modeste, et nous nous bornerons à examiner si la longueur du siége n'a pas été la conséquence forcée de quelque faute capitale.

Tout le monde reconnaît aujourd'hui que la tour Malakoff était la clef de la position, c'est donc sur ce point qu'il fallait diriger l'attaque principale; pourquoi ne le fit-on pas, ou pourquoi le fit-on si tard et en partant de distances inusitées dans les siéges ?

Tous les officiers qui faisaient partie de l'armée au commencement du siége, affirment que le chef de bataillon du génie, de St-Laurent, dont on a tant, et à juste titre, vanté les hautes qualités après sa mort, signala dès le début la nécessité d'occuper les hauteurs situées en avant et à gauche de Malakoff, à 800m ou 900m; on ne s'arrêta pas à l'opinion émise par un officier si peu haut placé dans la hiérarchie militaire.

Dans le *Journal du siége*, on lit, page 63 : « Dès le 17 octobre 1854, le feu des batteries françaises avait fort endommagé le réduit en maçonnerie du bastion central. Les Anglais avaient fait sauter un grand magasin à poudre dans le Redan, ce qui avait réduit à trois le nombre de pièces pouvant continuer le feu ; ils avaient démonté les pièces placées sur la tour Malakoff, et ouvert de larges brèches dans cette tour par le tir des pièces de Lancastre ; enfin un grand nombre de pièces russes avaient été mises hors de service dans toutes les parties adjacentes des ouvrages en terre. »

Pourquoi ne profita-t-on pas de cette situation pour rapprocher les attaques de Malakoff? La bataille d'Inkermann eut lieu le 5 novembre 1855, et à la date du 1er décembre, les Russes commençaient à travailler à un ouvrage en terre sur le mamelon en avant de Malakoff. Comment, après le succès d'Inkermann, ne s'est-on pas établi sur les hauteurs du Carénage (Monte Sapone), et n'a-t-on tenu aucun compte des observations d'un homme compétent ? En effet, on lit page 125, mois de décembre : « Le général Bourgoyne, commandant le génie de l'armée anglaise, faisait des objections contre le plan d'attaque qui avait été primitivement adopté d'un commun accord. Quelle que fût la confiance qu'on pouvait avoir dans la valeur de nos troupes, il regardait le succès de l'assaut comme très-douteux ; il déclarait, en outre, que l'effectif de l'armée anglaise ne suffisait pas pour couvrir la droite de l'armée des alliés, et fournir en même temps le nombre de travailleurs nécessaires pour les attaques du faubourg Karabelnaya. Il demandait qu'avec le secours de l'armée française, on profitât du terrain qu'on avait conquis par la victoire d'Inkermann pour s'établir solidement sur les hauteurs du Carénage (Monte Sapone), qu'on donnât plus d'extension aux attaques de droite, et qu'on les poussât jusqu'au delà de l'ouvrage Malakoff. » Cependant il ne fut rien changé à la marche du siége.

On ne songea à Malakoff que le 1er février 1855, et, chose incroyable ! la tranchée fut ouverte à 1800m de Malakoff, à 1700m du petit Redan, et 2000m de la pointe, et cependant, à cette époque, il n'existait aucun ouvrage, ni sur le contre-fort du Carénage, ni sur le mamelon Vert. Il n'en fut pas de même un peu plus tard, car du 22 février au 11 mars, trois ouvrages furent établis par les Russes. Ce ne fut que le 7 juin 1855, que l'armée alliée s'empara de tous les ouvrages extérieurs du faubourg Karabelnaya, et cette prise tardive de possession nous coûta des pertes énormes.

Il est vrai qu'on lit dans la relation précitée, page 139 : « Le mamelon de Malakoff était incontestablement le véritable point d'attaque de la place de Sébastopol. De cette position, on dominait tout le faubourg Karabelnaya, et on prenait des revers sur les portions d'enceinte qui se trouvaient à droite et à gauche, notamment sur le Redan attaqué par les Anglais. La prise de ce mamelon faisait donc tomber tout le faubourg, et la possession du faubourg permettait d'agir à bonne portée contre la flotte, et de couper les communications de l'ennemi à travers le port, on devait s'attendre à ce qu'elle entraînerait la chute de la ville. Enfin, si l'on se décidait à investir la place, nos établissements au nord du port feraient marcher à grands pas l'attaque sur les fronts de Malakoff, car l'ennemi se trouverait pris à dos dans la majeure partie des défenses du faubourg.

« Les avantages de ce point d'attaque ne pouvaient être contestés, mais il s'élevait des objections graves contre l'abandon du plan qui avait été d'abord adopté. En effet, on ne devait certainement pas abandonner l'attaque de la ville qui, même dans le cas où celle du faubourg deviendrait le but principal de nos efforts, aurait encore l'avantage de diviser les moyens de défense de l'ennemi ; or, si on doublait, pour ainsi dire, le développement des tranchées en entreprenant une nouvelle attaque sur le front Malakoff, n'en résulterait-il pas une trop grande fatigue pour les troupes ? Ne risquerait-on pas de manquer de matériel ? Enfin pourrait-on présenter partout une résistance suffisante contre les sorties de l'ennemi ?

« Les renforts annoncés permettaient de répondre, dans une certaine mesure, aux premières objections : quant à la troisième, on ne pouvait passer outre qu'en se fondant sur la conduite antérieure des Russes, etc. »

Certes, M. le commandant en chef du génie donne d'excellentes raisons en faveur de l'attaque de Malakoff, et les réserves dont il les fait suivre sont sans valeur, car les faits les ont anéanties. Mais ce qu'il ne faut pas perdre de vue, c'est que le passage que nous venons de citer se rapporte à la fin de janvier 1855, et qu'il est en parfaite contradiction avec les termes de la lettre adressée le 14 février 1855 à S. M. l'Empereur par le commandant en chef du génie.

Les rapprochements qui précèdent suffisent pour démontrer que l'armée alliée a commis une faute grave en ne s'emparant pas, dès le début, des hauteurs en avant de Malakoff, ou tout au moins en ne s'y établissant pas après la bataille d'Inkermann.

Deux assauts ont été livrés, l'un le 18 juin, et l'autre le 8 septembre 1855. Ces deux assauts ont eu lieu au milieu du jour, contrairement à ce qui se pratique dans les siéges, et plusieurs officiers sont partis de cette observation pour blâmer les ordres du général Pélissier. Mais ces officiers semblent oublier que, dans un siége ordinaire, quand on rassemble les colonnes d'attaque pendant la nuit pour les lancer à l'assaut à la pointe du jour, il s'agit d'une attaque très-restreinte, ayant pour objectif bien déterminé une ou deux brèches reconnues praticables. A Sébastopol, rien de pareil, il s'agit d'une attaque générale de vive force, sur une ligne très-étendue et exigeant un ensemble de mouvement impossible à coordonner et diriger pendant la nuit. Mais ce que nous venons de dire pour justifier l'heure de l'attaque ne saurait faire pardonner la faute commise par le général Pélissier, dans l'attaque du 18 juin, en lançant les colonnes d'attaque de points situés à 600 ou 700 mètres de la place, faute qui fut bien chèrement expiée.

Nous manquons de renseignements pour compléter notre travail par l'examen des siéges entrepris par l'armée du Mexique.

CONCLUSIONS.

Nous avons constaté que la science de la fortification se traîne dans les ornières de la routine, et que, dans presque toutes les opérations de siége entreprises depuis 1830, nous avons commis des fautes bien capables d'amoindrir la haute réputation acquise au corps du génie français depuis les travaux de l'immortel Vauban; et cependant nul plus que nous n'est convaincu que ce corps renferme un grand nombre d'officiers studieux, doués d'une haute intelligence et du sentiment du devoir poussé jusqu'à l'abnégation. La responsabilité de nos fautes remonte tout entière au comité du génie qui maintient l'enseignement dans la voie déplorable ouverte par Cormontaingne et Fourcroy, qui laisse les officiers du génie dans une ignorance complète des travaux exécutés à l'étranger, qui leur refuse toute initiative, qui les condamne à la surveillance de travaux sans importance ou à la rédaction de dessins puérils, dignes tout au plus d'un conducteur de travaux ou d'un dessinateur à gages; du comité enfin qui laisse sans encouragements tous les travaux de l'esprit, quand il ne les proscrit pas, et, à ce sujet, nous ne saurions mieux faire que de citer les paroles que le colonel directeur des fortifications à Lyon nous adressa en 1833, en présence de M. le général Rohaut de Fleury, et de trente camarades, paroles qui choquaient alors toutes nos idées, et dont nous ne tardâmes pas à reconnaître la vérité. Nous venions de publier un ouvrage sur la détermination des centres de gravité. « Vous écrivez, nous dit le colonel, eh bien! souvenez-vous de ceci : vous arriverez peut-être malgré cela, mais jamais à cause de cela. »

NOTES.

Note A. Notre examen critique de l'ouvrage de M. Mangin fut rédigé en 1852, et adressé par nous à cette époque à M. le général, chef du service du génie, au ministère de la guerre. Nous étant rendu à Paris peu de temps après, M. le capitaine Laurent, chargé de faire un rapport sur les ouvrages envoyés, nous engagea fortement à retirer notre travail, parce que, disait-il, en réfutant M. Mangin, nous réfutions le comité du génie lui-même. Nous refusâmes. Mais, en 1853, alors que nous étions chef du génie à Sétif (Algérie), nous cédâmes à la demande de M. le général Noizet, qui n'avait cessé de nous donner des témoignages de bienveillance. Nous reprîmes donc notre manuscrit pour le publier plus tard, ce que nous faisons aujourd'hui.

Note B. Nous n'avons jamais compris pourquoi, dans les places, on n'organise pas d'avance un système de fourneaux sous les emplacements probables des brèches, en se ménageant des moyens faciles d'y mettre le feu après l'ouverture des brèches, au moment de l'assaut. En 1838, en présence du général de Cossigny, inspecteur général à Arras, nous fîmes une proposition dans ce but, et le commandant de l'école régimentaire, chargé de faire progresser la théorie des travaux de siége, nous demanda gravement comment nous ferions pour mettre le feu à ces mines ; l'inspecteur général répondit pour nous que cette objection n'était pas sérieuse.

TABLE DES MATIÈRES.

	Pag.
Préface	v
Examen critique	1
Résumé	66
Considérations sur la fortification	71
Considérations sur les siéges entrepris par l'armée française depuis 1830	89
Alger	89
Anvers	91
Constantine	93
Rome	96
Zaatcha	102
Bomarsund	107
Sébastopol	110
Conclusion	114
Notes	117

www.ingramcontent.com/pod-product-compliance
Lightning Source LLC
Chambersburg PA
CBHW060814250626
47162CB00005B/1786